Sa vie pour Picasso

DE LA MÊME AUTRICE

La Petite Fille sur la photo, *Fayard, 2012 ; Pluriel, 2018*

Albert le Magnifique, *Stock, 2016*

Je suis le carnet de Dora Maar, *Stock, 2019 ; Le Livre de poche, 2021*

Brigitte Benkemoun

Sa vie pour Picasso

Marie-Thérèse Walter

récit

Stock

ISBN 978-2-234-09040-8

À Dora Maar

« Mais non, pas soumise, j'étais gentille* ! »

Marie-Thérèse Walter

* Toutes les citations de Marie-Thérèse Walter non sourcées sont issues de l'interview accordée à Pierre Cabanne, critique d'art, spécialiste de Picasso, diffusée dans l'émission *Présence des arts* sur France Culture en avril 1974.

« Aucune femme ne quitte un homme comme moi[1*] », avait dit Picasso... Serais-je aussi concernée par ce diktat ?

Mon histoire avec le peintre n'a pourtant rien d'une relation passionnelle. Je me fais plutôt l'effet d'une pièce rapportée, entrée chez lui par effraction, dans le sillage de Dora Maar. Après avoir travaillé pendant des mois sur le répertoire[**] de son ancienne compagne, je m'apprêtais d'ailleurs à tourner la page. J'avais commencé à m'éloigner et retrouvé mes vieilles obsessions, comme on revient à la maison après un beau voyage. Je venais même de convaincre mon éditeur d'un prochain livre plus personnel.

---

* Les appels de notes chiffrés renvoient aux notes de fin d'ouvrage.

** *Je suis le carnet de Dora Maar*, éditions Stock, 2019.

Mais Picasso m'a rattrapée. Au cours d'une signature dans une librairie parisienne, une lectrice m'a suggéré de m'intéresser à une autre compagne du peintre : Marie-Thérèse Walter. « Vous verrez, disait-elle, son histoire n'est pas claire. » Surveillant que personne ne nous écoute, elle s'est alors lancée en chuchotant dans un récit compliqué, mêlant dates contestées et sœurs oubliées. Je souriais, en évitant de trop relancer la conversation : dans la galaxie Picasso, je commençais à repérer les admirateurs un peu excessifs, qui vénèrent l'une de ses femmes, comme on supporte un candidat, au point de considérer les autres comme des usurpatrices. Celle-ci avait néanmoins l'avantage d'avoir choisi Marie-Thérèse, un courant plutôt rare… « N'hésitez pas à me contacter », me dit-elle après avoir griffonné son adresse mail sur un prospectus qui traînait. Par politesse, je l'ai glissé au fond de mon sac, en pensant l'oublier.

Dès le lendemain, j'ai pourtant commencé à rechercher en quoi l'existence de Marie-Thérèse ne serait *pas claire*. La perspective d'un mystère éveillait inévitablement ma curiosité et confortait aussi un sentiment de malaise que j'avais éprouvé en la croisant furtivement dans les pas de Dora Maar.

Je me souvenais avoir lu qu'elles s'étaient littéralement battues sous les yeux de Picasso. Je me souvenais qu'elle conservait, comme des reliques, ses cheveux et ses ongles coupés, et qu'elle lui écrivait presque tous les jours jusqu'à la fin de sa vie, plus de trente ans après avoir été « répudiée ». Je me souvenais de son adoration, sa naïveté, son aveuglement, sa soumission. J'avais pensé « emprise », « dépendance affective ». Mais sans vraiment chercher à savoir qui était cette femme…

L'historien d'art que j'ai appelé ce jour-là a paru surpris d'apprendre que je m'intéressais à Marie-Thérèse. Puis, devant mon insistance à la trouver insaisissable, il a fini par lâcher, mi-paternaliste, mi-agacé : « Je crois, ma chère Brigitte, qu'il n'y a pas grand-chose à comprendre. » Cette phrase a produit sur moi l'effet inverse de celui escompté.

J'ai même eu l'intuition que mieux connaître Marie-Thérèse permettrait d'approcher le mystère Picasso.

1

Une période

Il n'est généralement pas très compliqué de savoir où commence une vie, et où elle se termine.

Pour ses proches ou l'état civil, Marie-Thérèse Walter est née le 13 juillet 1909 au Perreux-sur-Marne en banlieue parisienne. Elle s'est suicidée le 20 octobre 1977 à Juan-les-Pins. Et elle est enterrée à Antibes.

Mais Marie-Thérèse a une autre vie. Dans l'histoire de l'art, elle naît au moment où elle rencontre Picasso, à la fin des années 20. Elle disparaît progressivement pendant la guerre, et son corps repose dans les plus grands musées ou collections privées.

Ces tableaux qui la représentent sont parmi les Picasso les plus éblouissants, les plus tendres, les plus joyeux et les plus érotiques. Des bataillons de spécialistes ont documenté ses courbes voluptueuses, les sens du maître qui exultent, le Minotaure en rut, le démon de midi en extase, l'artiste au sommet de son inspiration.

John Richardson* : « Au cours des années Marie-Thèrèse, il a opéré la révolution la plus radicale dans l'art du portrait depuis la Renaissance[2]. »

Pierre Cabanne : « Son art s'est exprimé dans la plénitude la plus heureuse[3]. »

Mais que sait-on réellement de la jeune fille qui nourrit cette inspiration et cette révolution ?

Elle a environ dix-sept ans quand elle croise le chemin du grand Pablo Picasso. Blonde au teint très clair et aux yeux bleus, sportive, enjouée, peu portée sur les études, ignorante en peinture et en bien d'autres choses encore, elle est totalement étrangère au monde où évolue l'artiste. À 45 ans, Picasso est déjà considéré comme l'un des plus grands peintres du siècle. Il est marié depuis une dizaine d'années avec Olga Khokhlova, une ancienne danseuse des Ballets russes qu'il a connue à Rome en 1917, épousée un an plus tard. Et leur fils, Paulo, va bientôt avoir six ans. Il a été fou amoureux de cette femme si raffinée, égérie d'un somptueux retour au classicisme dans sa

* John Richardson a été l'ami et le plus grand biographe de Picasso.

peinture. Elle a su également transformer le bohème en dandy, l'introduire dans les sphères les plus mondaines de la vie parisienne, et revêtir pour sa part le costume d'épouse parfaite d'un artiste riche et célèbre. Mais comme toujours Picasso a fini par se lasser.

Marie-Thérèse lui permet donc d'échapper à une vie de famille qui l'oppresse, à une épouse devenue maladive, plaintive et jalouse, et au statut de grand peintre qui souvent l'empoisonne. Mais, pour ne pas éveiller les soupçons d'Olga, il ne présente sa jeune maîtresse à aucun de ses amis. Et si certains ont remarqué des initiales glissées dans les tableaux cubistes de la fin des années 20, ils ignorent que les lettres M et T figurent l'aveu crypté d'une passion cachée.

Quand elle devient majeure, les portraits de la jeune muse se font plus ressemblants et plus explicites. Après la naissance de leur fille Maya, en 1935, les amis les plus proches connaissent enfin son prénom. Sous l'Occupation, certains vont même la croiser, à Royan, ou dans l'atelier du peintre, rue des Grands-Augustins. Séparé d'Olga, Picasso se partage alors entre Marie-Thérèse et sa nouvelle conquête, la photographe Dora Maar. Mais chacune à sa place : d'un côté Marie-Thérèse et leur fille, auxquelles il consacre en secret ses week-ends, de l'autre Dora, maîtresse officielle et compagne sociale. Puis, lorsqu'il tombe amoureux de la jeune Françoise Gilot, en 1943, Marie-Thérèse, comme Dora, disparaît du paysage... aussi discrètement qu'elle y était entrée.

Il a presque fallu attendre la mort du peintre, en 1973, pour que sa présence éclaire enfin la dizaine d'années de création dont elle a été la muse. Son nom, qui n'avait jamais été cité dans aucun titre de tableau, devient subitement celui d'une *période*.

Mais alors que Dora Maar, Françoise Gilot ou Jacqueline Roque ont inspiré des dizaines d'ouvrages ou documentaires, Marie-Thérèse n'intéresse pas grand monde. Au moment où j'entreprends cette recherche, il faut se contenter de très beaux catalogues d'exposition[4], d'un discret second rôle dans les biographies du peintre, et du portrait de la gentille fille que certains ont brossé en quelques pages, la plume parfois trempée dans le mépris de classe. Le surréaliste Lord Penrose la juge ainsi « d'une vulgarité robuste[5] » et confie au magazine *Life* qu'elle est « l'unique femme vraiment pas intelligente dans la vie de Picasso ». Et si l'écrivain britannique Patrick O'Brian la perçoit comme « une jeune femme admirable[6] », il reconnaît qu'elle est la seule muse sur laquelle il dispose d'aussi peu de témoignages.

Le plus précieux serait celui de Maya, fille unique de Marie-Thérèse Walter et Pablo Picasso, âgée aujourd'hui de plus de quatre-vingts ans. Je l'avais interviewée, il y a des années, à l'occasion d'une exposition au Grand Palais. Je garde le souvenir d'une femme enjouée, pétulante, espiègle et très sympathique. Mais mon premier courrier est resté sans réponse. Sa fille m'a répondu qu'elle-même préparait un livre sur sa grand-mère et ne pouvait me rencontrer. Ses frères se sont fendus de la même excuse.

Les biographes ont parfois le sentiment irrationnel que certains personnages leur ouvrent grand les portes, quand d'autres se dérobent, ou se barricadent. Marie-Thérèse, ayant si longtemps vécu dans le secret, appartient forcément au clan des plus farouches.

2

Non reconnue

Les archives sont plus faciles d'accès. Pour les besoins de mes livres précédents, j'ai appris sur le tas à explorer sur Internet les fonds documentaires numérisés, communaux ou départementaux, les actes d'état civil et les vieux recensements. Ces recherches deviennent un plaisir addictif, ludique et presque coupable. Je peux y perdre un temps fou, pour vérifier un détail, une date, une adresse, parfois sans intérêt. Ces voyages immobiles m'apparaissent comme une plongée envoûtante hors du temps, avec le sentiment grisant d'enquêter comme un analyste du contre-espionnage. Ici, les suspects pourtant ne sont que des fantômes.

Mes recherches sur Marie-Thérèse Walter commenceront donc à la page 29 du registre de naissance des années 1909-1911 de la commune du Perreux-sur-Marne.

« Acte numéro 120 : L'an mille neuf cent neuf, le 14 juillet à neuf heures et demie du matin, acte de naissance de Marie Thérèse Léontine Deslierres, du sexe féminin, née hier à midi au Perreux, rue de Trianon, 2 (villa des Lierres, 6), fille de père et mère non dénommés. Dressé par nous, Albert Lecocq, maire officier de l'état civil de la commune [...] sur la présentation de l'enfant faite par Jeanne Marie Antoinette Berté, sage-femme demeurant au Perreux [...] qui a assisté à l'accouchement. »

Premier document, première surprise : à sa naissance, Marie-Thérèse n'a officiellement ni père ni mère. Telle une enfant perdue, on lui colle au hasard le premier nom qui passe : Deslierres, comme la villa des Lierres où elle est née. Cette adresse est pourtant le domicile principal de sa mère, qui, bizarrement, finit par la reconnaître dix-huit mois plus tard : sur l'acte de naissance, le nom de Deslierres est alors rayé puis remplacé par celui de Walter. Car la mère de Marie-Thérèse s'appelle Émilie-Marguerite Walter.

Je l'ai suivie, elle aussi, à la trace dans les archives. Elle est née à Paris en 1871, fille d'un couple franco-allemand. L'épouse est parisienne, sans profession, et meurt alors qu'Émilie-Marguerite n'a que treize ans. Le père, originaire d'Heidelberg (d'où le fait que Walter doit se prononcer *Valter*), est à la tête d'une entreprise de plomberie et il se remarie tout juste sa première épouse enterrée. Émilie-Marguerite grandit à Paris avant d'être envoyée en pension chez les sœurs en Allemagne. Elle se marie à dix-neuf ans, divorce assez rapidement, et on la localise quelque temps dans le quartier de la Chapelle à Paris. Enfin, à trente-huit ans, enceinte de Marie-Thérèse, elle s'installe au Perreux-sur-Marne, seule, avec déjà trois enfants en bas âge, eux aussi naturels : Maurice six ans, Geneviève cinq ans et Jeanne trois ans. Résumons : une femme peu conventionnelle qui a fait quelques études, mère célibataire, sans profession, sans revenus clairement définis.

L'aîné, Maurice, elle l'a reconnu dès sa naissance, à Paris, et il a immédiatement porté le nom de Walter. Les deux premières fillettes, en revanche, sont nées comme Marie-Thérèse « de père et de mère non dénommés ». Au bout de quelques mois, tiraillée peut-être par des remords, Émilie-Marguerite a fini par les reconnaître. Avec la petite dernière, elle procède donc d'une façon pour elle assez habituelle.

Néanmoins, à l'âge de dix-huit et dix-sept ans, les deux sœurs aînées de Marie-Thérèse vont encore changer de nom. En 1923, un homme, se présente à la mairie du XXe arrondissement de

Paris et demande à les reconnaître. Il s'appelle Eugène-Élie Valroff. À compter de ce jour, elles vont donc s'appeler officiellement Geneviève et Jeanne Valroff. Alors que Marie-Thérèse et Maurice restent des Walter.

Plus surprenant : l'homme qui les déclare si tardivement n'est même pas leur vrai père. Diana Widmaier-Picasso, la petite-fille de Marie-Thérèse, a cité dans plusieurs textes le nom exact du géniteur des quatre enfants : il s'appelle bien Valroff, mais son prénom, c'est Léon. Je l'ai retrouvé en croisant les archives du Val-d'Oise et des sites de généalogie : chef d'entreprise, notable, d'origine suédoise, établi du côté de Saint-Leu-la-Forêt, marié, quatre enfants.

En 1923, la situation de Léon a évolué : il a soixante ans et il vient de perdre sa femme. Il doit se sentir à la fois plus libre et dans l'urgence de clarifier la situation de ses enfants illégitimes. Pour éviter de faire voler en éclat sa famille et sa réputation, il va demander à un cousin, Eugène-Élie Valroff, de reconnaître à sa place deux des filles d'Émilie-Marguerite. En échange probablement d'un service ou d'une somme d'argent. Pourquoi deux seulement ? On imagine la déception et l'incompréhension de Marie-Thérèse et de son frère qui connaissent tout aussi bien que leurs sœurs ce père qui ne les reconnaît pas.

Il a peut-être promis que leur tour viendrait. Ou bien c'est le cousin qui a refusé d'en assumer plus de deux. Et Léon a choisi les plus brillantes, celles dont il est si fier, bachelières et bientôt étudiantes en médecine, carrières exceptionnelles dans les années 20.

Il ne néglige pourtant pas Marie-Thérèse. Pour ses affaires, il voyage beaucoup en Suisse et en Allemagne. Il a aussi investi dans l'immobilier à Wiesbaden. Et quand, à l'âge de treize ans, en 1922, Marie-Thérèse est expédiée en pension là-bas, c'est même Léon Valroff qui l'accompagne, avant que sa mère, Émilie-Marguerite, ne s'y installe à son tour. Wiesbaden, jolie ville thermale des bords du Rhin, surnommée la « Nice du Nord », pas très loin d'Heidelberg, berceau des Walter.

La seule trace de ce séjour en Allemagne est un portrait de Marie-Thérèse daté du 20 octobre 1922. Elle pose devant un panneau décoratif où le photographe a fait reproduire un temple d'inspiration grecque : le Monopteros de Neroberg, érigé sur les hauteurs de Wiesbaden. Blonde, les yeux clairs, les cheveux coupés au carré, Marie-Thérèse porte un chapeau cloche aux larges bords, une robe de collégienne plutôt sage, une médaille autour du cou, une montre-bracelet octogonale assez originale, et de jolies bottines bien cirées. C'est le portrait d'une adolescente un peu timide, mais enjouée, bien nourrie, bien habillée.

Difficile de savoir combien de temps elle a vécu en Allemagne. On peut supposer trois ans. À son retour, la fillette est devenue jeune fille. À seize ans, elle n'est pas aussi élancée que ses deux sœurs aînées, mais elle est plus athlétique, le corps sculpté par le sport, qu'elle a pratiqué plus qu'en France. Elle aurait même remporté des compétitions de skiff et de natation. En revanche, elle n'a pas brillé par ses résultats scolaires et n'a progressé qu'en allemand. Contrairement à ses sœurs, l'école n'a jamais été son fort. Mais comme il faut qu'elle ait un métier, sa mère la verrait bien secrétaire et l'inscrit dans une école spécialisée pour qu'elle apprenne la sténo.

À leur retour de Wiesbaden, elles s'installent à Maisons-Alfort, dans un pavillon dont Mme Walter vient d'hériter de son père. Sur les photos, la maison paraît simple mais charmante, nichée dans une ruelle fleurie qui débouche sur la Marne. Et Paris n'est pas loin, il suffit de prendre le train.

J'ai essayé de retrouver ce pavillon. Malheureusement la rue a été rasée dans les années 90, pour construire des immeubles de bureaux. Le journal *L'Humanité* s'était alors fait l'écho d'une mobilisation des riverains pour sauver « le nid d'amour de Marie-Thérèse et Picasso ». Les articles publiés à l'époque racontent que le peintre avait installé un atelier dans le pigeonnier au fond du jardin, où il aurait peint notamment le célèbre tableau *L'Atelier de la modiste*.

Cette œuvre majeure appartient aujourd'hui aux collections du Centre Pompidou. D'après la notice officielle, elle n'a pas été peinte à Maisons-Alfort mais rue La Boétie, et elle est datée de janvier 1926... Soit un an avant la rencontre, communément établie, de Picasso et Marie-Thérèse.

Il s'agit peut-être d'une simple erreur du journal, mais, face à cette incohérence, j'ai pensé à ma lectrice et son histoire compliquée de « dates contestées », dont elle essayait de me convaincre.

3

Dix-sept ans passés

Picasso n'a jamais évoqué publiquement les circonstances de sa rencontre avec Marie-Thérèse, pas plus d'ailleurs qu'avec ses autres compagnes. Pudique sur son intimité, il considérait que « l'œuvre qu'on fait est une façon de tenir son journal[7] ». Ses premiers biographes ont donc dû se contenter d'observer les tableaux pour estimer, à la louche, que cette jeune blonde avait dû entrer dans sa vie vers 1931.

Il a fallu attendre plus de trente ans pour que son nom soit cité pour la première fois, en 1957[8]. Puis encore huit ans de plus pour que Françoise Gilot* révèle, dans un livre qui fit scandale, que

* Françoise Gilot, compagne de Picasso de 1943 à 1953, mère de Claude et Paloma Picasso.

Picasso l'avait rencontrée quand elle n'avait que dix-sept ans « en se promenant du côté des Galeries Lafayette[9] ». Au début des années 70, la principale intéressée a fini par donner sa version des faits.

Trois entretiens seulement : un premier, très court, au magazine *Life*, le deuxième avec Lydia Gasman, une universitaire américaine qui préparait une thèse sur Picasso, enfin, une interview enregistrée pour France Culture par le grand critique d'art français Pierre Cabanne. Les éléments de langage sont globalement toujours les mêmes : elle est venue acheter un col Claudine et des poignets assortis aux Galeries Lafayette, Picasso l'aborde dans la rue et lui dit qu'il veut faire son portrait.

Seule la date exacte varie un peu : à la journaliste de *Life*[10], elle parle du 8 janvier 1927, avec Lydia Gasman[11], elle passe au 11 janvier, puis sur France Culture, elle revient au 8 : « J'avais dix-sept ans passés [...]. C'était le fameux samedi, le 8... » Sa voix et son aplomb ayant la force d'une vérité indiscutable, pour la plupart des spécialistes, la question est depuis réglée.

Donc, le 8 janvier 1927, Picasso déambule, désœuvré, devant les grands magasins, à la manière de ses nouveaux amis surréalistes, qui cherchent au hasard l'amour fou, comme Breton sa Nadja. C'est d'ailleurs au même endroit qu'en 1930 Paul Éluard abordera Nush.

D'elle-même, Marie-Thérèse souligne qu'il est « 6 heures du soir » quand elle sort du métro, en appuyant bizarrement sur toutes les syllabes...

« Ça me chiffonne », aurait dit ma mère. Le samedi 8 janvier 1927 à Paris le soleil s'est couché à 16 h 07. Donc à « 6 heures du soir » il fait déjà nuit noire, et le grand magasin se prépare à fermer. Il paraît assez curieux qu'une adolescente arrive seule et si tard sur le boulevard Haussmann. D'autant qu'elle doit ensuite filer à la gare de Lyon, prendre un train jusqu'à Maisons-Alfort, avec encore dix bonnes minutes de marche jusque chez elle, à travers un faubourg très sombre.

Dans un documentaire[12] consacré à Picasso, sa fille Maya propose un déroulé un peu différent. Selon elle, son père aperçoit sa mère non pas à la sortie du métro, mais à travers les vitrines du grand magasin. Marie-Thérèse est déjà à l'intérieur, occupée à chercher dans les bacs son col Claudine. Subjugué par cette jeune blonde au profil grec parfait, Picasso la suit des yeux, puis l'attend à la sortie. Il doit être « 6 heures du soir », elle est encore seule, dans le froid et la nuit. Il l'attrape par le bras. « Il m'a fait un beau sourire. Il m'a regardé et puis il m'a dit : Mademoiselle vous avez un visage intéressant, je voudrais faire votre portrait !" »

Par politesse, ou pour la rassurer, il ajoute qu'il s'appelle Picasso. Malheureusement, la gamine ne connaît rien à la peinture, ne lit pas les journaux et n'a jamais entendu parler de lui. Ce qui n'est pas étonnant, la France ayant mis plus de temps à le reconnaître que les Américains ou les Russes. Il se promène justement avec un gros livre d'art sous le bras qui lui est consacré, « en chinois ou en japonais »... Marie-Thérèse ne se souvient plus très bien.

Elle est plus précise sur la couleur de sa cravate, « en soie rouge et noir », et, encore sur l'heure du rendez-vous qu'il propose pour la revoir : « Le lundi suivant à 11 heures du matin, au métro gare Saint-Lazare. »

Lundi 10 janvier 1927. À l'heure dite, elle arrive en toute innocence. C'est une belle journée d'hiver, douce et ensoleillée. Picasso lui fait encore un beau sourire, lui offre un café, puis l'invite à déjeuner. « Nous ferons de grandes choses ensemble », promet-il, avant de l'entraîner visiter son atelier, à dix minutes à pied. Il est si gentil, elle n'ose pas refuser. Et la voilà seule avec cet inconnu, dans un grand appartement. Boiseries, cheminées, moulures, il a dû être luxueux avant ce fouillis indescriptible et les portes démontées. Intimidée, désorientée,

Marie-Thérèse n'ose pas regarder les tableaux entassés contre les murs. Lui, en revanche, l'inspecte sous toutes les coutures. Il parle peu, très calmement, et s'interdit tout geste brusque ou indélicat. Il la fait tourner sur elle-même. Il détaille sa silhouette, son visage, son profil. Il la complimente pour son nez grec parfait. C'est bien la première fois… Et elle se laisse faire. Sans savoir qu'elle vient d'atterrir chez l'un des peintres les plus célèbres au monde. « Mais non, c'était sa cravate qui m'intéressait », répond-elle en riant à Pierre Cabanne…

Elle a bientôt soixante-cinq ans quand elle accorde à l'historien d'art cet entretien unique, émouvant, troublant, et un peu dérangeant… On trouve assez facilement sur Internet une version courte de l'enregistrement, récemment rediffusé sur France Culture. Pierre Cabanne l'a aussi résumé dans la biographie en plusieurs tomes qu'il a consacrée à Picasso[13] et dans un article publié par la revue *L'Œil*[14]. Mais mon amie Hélène, formidable documentaliste, m'a retrouvé l'intégralité de l'émission de 1974 dans les archives de l'INA : une version originale d'une cinquantaine de minutes, non expurgée des maladresses, hésitations ou propos jugés plus tard futiles de Marie-Thérèse.

La première écoute est déroutante… Ses mots déboulent à toute allure, et pas toujours à la bonne place, ou au sens qu'elle imagine. Elle surjoue la bonne humeur, minaude pour avoir l'air à l'aise, avec des intonations aiguës qui s'envolent parfois sans raison. Mais, à la réflexion, elle parle plutôt comme une enfant, comme si elle n'avait pas grandi, comme si elle était restée figée à l'âge où Picasso l'a aimée. L'historien d'art ne l'interroge pas non plus comme une adulte : il lui parle très gentiment pour la mettre en confiance, en évitant d'employer des mots trop compliqués. Quelques rares questions la déstabilisent. On l'entend une fois, à peine audible, chuchoter « laissez-moi tranquille », telle une petite fille apeurée. Mais elle se ressaisit très vite, reprend son timbre guilleret et, en moins d'une heure, livre la banale intimité d'un génie qui se repose en secret auprès d'une gamine sans prétention. Cet enregistrement, dont je reprendrai pendant des mois l'écoute au moindre doute, a la force et la fragilité de sa subjectivité. Mais il n'en existe pas d'autre !

Après ce premier rendez-vous, Marie-Thérèse raconte qu'ils se revoient tous les jours. Pour avoir la paix, elle fait croire à sa mère qu'elle rejoint des amies ou bien qu'elle travaille. Le peintre doit la rémunérer comme modèle pour qu'elle puisse justifier d'un revenu.

Au bout de combien de séances est-elle devenue sa maîtresse ?

En 1968, elle confie à la journaliste du magazine américain *Life* avoir attendu six mois, et le jour de ses dix-huit ans, pour céder aux avances du peintre. Comme si c'était plus convenable…

Mais en 1971, décidée à « tout dire enfin » à Lydia Gasman, l'universitaire américaine qui a su la mettre en confiance, elle avoue qu'en vérité elle n'a résisté qu'une semaine ! « Il vous a charmée avec son art ? » lui demande Pierre Cabanne. Soupçonnant une allusion grivoise, elle éclate de rire. Puis plus sérieusement : « Je ne dirais pas qu'il avait du sex-appeal, comme on dit maintenant. Mais du charme, oui ! »

Mirada fuerte ! La formule andalouse qu'emploie John Richardson paraît plus juste. Un regard fort, captivant, troublant, hypnotisant. Un regard de feu qui vous fixe, vous transperce, vous donne le sentiment d'être pénétré jusqu'à l'os. « Quand un Andalou regarde quelque chose, il le saisit, explique aussi le sociologue David D. Gilmore. Ses yeux sont comme des doigts qui attrapent…[15] » Marie-Thérèse est attrapée.

4

Le secret

Picasso and Marie-Thérèse Walter. 1925-1927[16]. La responsable de la documentation du musée Picasso est venue rajouter ce livre noir à la couverture souple sur la table où elle m'a installée, en précisant : « Il pourrait vous intéresser. »

L'auteur, Herbert T. Schwarz, est pourtant loin d'appartenir au sérail de l'art moderne. Ce médecin d'origine anglaise est un pur autodidacte qui, entre autres activités, s'est passionné pour Picasso. Dans les années 70 et 80, il se partage entre Montréal, où il a ouvert un magasin d'antiquités, l'Arabie saoudite où il s'envole parfois soigner un émir, et un village canadien au nom inuit imprononçable, tout au nord des territoires du Nord-Ouest. Il faut avoir envie de vivre à Tuktoyaktuk, petit port de trois cents habitants, au-delà du cercle arctique, où le thermomètre peut descendre à moins cinquante en hiver.

Schwarz y exerce la médecine auprès des populations esquimaudes ; en échange, leurs shamans lui enseignent une sorte d'acupuncture. Il bricole un peu dans le commerce de fourrure et d'œuvres d'art inuit, et il consacre ses longues soirées d'hiver à étudier la vie et l'œuvre de Picasso.

Résumé ainsi, on l'imagine en baroudeur un peu farfelu. Ses conclusions sur le maître sont pourtant citées par de grands noms de l'art moderne comme William Rubin, ancien directeur des peintures du MoMA à New York, ou le grand historien d'art Robert Rosenblum. Schwarz a également réussi à rencontrer Marie-Thérèse, un an après la mort de Picasso. Il a surtout accompli l'exploit d'amadouer plus tard sa veuve : en 1983, Jacqueline Picasso, d'ordinaire si méfiante, lui a carrément ouvert les archives du peintre disparu.

En découvrant son livre, je me suis souvenue de plusieurs lettres d'un médecin canadien dans les archives personnelles de Dora Maar. J'ai même retrouvé les photos que j'avais prises alors. Cet homme prétendait vouloir lui remettre une enveloppe à son nom, trouvée chez Picasso. Dora Maar n'a jamais donné suite. Mais il a raconté plus tard à une historienne d'art américaine[17] que l'enveloppe contenait une chevalière portant les lettres P et D (pour Picasso et Dora), avec à l'intérieur de l'anneau une petite pointe en acier qui aurait inévitablement blessé celle qui l'aurait glissée à son doigt.

À la lumière des relations sadomaso entre Picasso et Dora Maar, l'existence de cette bague m'avait paru moins surprenante que la présence d'un médecin canadien traînant chez le peintre décédé et ouvrant librement ses tiroirs. J'ai vérifié, c'était lui...

Mais revenons au livre du docteur Schwarz. Le point de départ de ses recherches sur Picasso est un dessin à l'encre noire qu'il découvre en 1986 à Montréal. Le modèle de *La Jeune Fille assise* ressemble à s'y méprendre à Marie-Thérèse. Et pourtant, le dessin est daté de 1926, alors que le peintre n'est censé avoir rencontré la jeune fille qu'un an plus tard...

L'aurait-il séduite alors qu'elle n'avait que seize ans, et pas dix-sept ans ? Se seraient-ils l'un et l'autre acharnés à cacher cette relation qu'ils savaient inavouable en falsifiant les dates ? C'est l'hypothèse de Schwarz.

Partant de là, il examine tous les dessins et les carnets du peintre sur la même période, il repère des portraits similaires dans des œuvres encore antérieures, il traque obstinément les initiales M et T dans tous les tableaux cubistes, avant de poursuivre son enquête en France, où il finit par retrouver l'une des sœurs de Marie-Thérèse.

Il ne donne pas son nom, mais il est évident qu'il s'agit de la cadette : Jeanne, médecin à la retraite, vieille dame aux yeux bleus, encore très belle, élancée, souriante. Entre médecins, elle a dû se sentir en confiance, alors, pour la première fois, à la condition expresse qu'il ne cite pas son nom, elle accepte de parler de sa sœur et de Picasso, décédés tous les deux depuis plus de dix ans.

Jeanne lui raconte qu'elle se souvient très bien du jour où il est entré dans la vie de sa benjamine, et finalement dans celle de toute la famille. Elle s'en souvient d'autant mieux qu'elle était là, dit-elle, ce jour-là, aux Galeries Lafayette. Marie-Thérèse n'était donc pas seule à 6 heures du soir...

Elle s'avoue bien incapable de citer une date précise après tant d'années, mais elle semble certaine que l'événement a eu lieu avant 1927. Elle prétend même avoir plus tard reproché à Marie-Thérèse ce mensonge qui n'avait plus aucun sens. C'est exactement ce que Schwartz voulait entendre !

Cette année-là, Jeanne est étudiante en médecine, comme Geneviève, la sœur aînée. Pour éviter de perdre du temps dans les transports, elle habite chez des cousins, dans le centre de Paris.

Ce jour-là, elle va aux Galeries Lafayette avec sa petite sœur. Il est environ « 6 heures du soir » quand, après avoir acheté son col Claudine, elles sortent du grand magasin. Puis, comme d'habitude, Jeanne dit raccompagner Marie-Thérèse à la « gare Saint-Lazare » où elle doit prendre son train pour Maisons-Alfort.

Certains détails semblent anodins, jusqu'au jour où leur incohérence vous saute aux yeux : la gare Saint-Lazare n'a jamais desservi Maisons-Alfort ! Ce qui prouverait que la scène s'est déroulée avant que Marie-Thérèse et sa mère ne s'installent en bord de Marne. Ou alors, le médecin anglophone a confondu gare et station de métro.

En chemin, les deux sœurs repèrent un *vieil homme* qui les suit à distance. Et elles s'en amusent. Comme toujours, leurs adieux s'éternisent, elles pouffent, elles s'embrassent, elles s'enlacent. Selon Jeanne, Picasso les observe planqué derrière un journal percé d'un petit trou, pour regarder sans être vu. Mais le train, ou le métro, ne va plus tarder, Jeanne se dit qu'elle doit rentrer, et Marie-Thérèse reste seule sur le quai.

C'est ce moment que choisit « le vieil homme » pour l'aborder : il se présente aimablement, il dit qu'il est peintre et veut faire son portrait. Méfiante, la gamine tourne les talons.

Picasso la saisit par le bras et, la regardant droit dans les yeux, promet de l'attendre ici chaque soir, à 6 heures, jusqu'à ce qu'elle se décide.

Jeanne se souvient que Marie-Thérèse ne se décide pas immédiatement. Plusieurs jours de suite, les deux sœurs s'amusent à venir épier « le vieil homme ». Et chaque soir, il est là, comme promis, à 6 heures, toujours sur le même banc, en train de lire un journal. Finalement, l'étudiante, plus curieuse, prétend avoir réussi à convaincre sa jeune sœur : « Vas-y, parle-lui ! » Alors Marie-Thérèse s'approche... Sans doute pour impressionner Jeanne, lui prouver qu'elle en est capable. Jeanne, plus intelligente, plus vive, plus à l'aise avec les mots, comme d'ailleurs avec tout, et qui si souvent se moque de sa petite sœur empotée.

La vieille dame a sûrement donné d'autres détails au docteur Schwarz, qu'elle a longuement reçu chez elle en Champagne. Mais, dans le livre, son récit s'arrête là... Le médecin canadien est décédé il y a plus de vingt ans, et Jeanne en 2003, à l'âge de quatre-vingt-dix-neuf ans.

Dans l'annuaire, je n'ai retrouvé que l'un de ses fils et il n'a jamais répondu à mes courriers. Sur Internet, je suis tombée sur un ami du médecin canadien : Luc Archambault, peintre célèbre au Québec, l'accompagnait à Vallauris en 1983 pour faire imprimer un livre hommage à Picasso et rendre visite à sa veuve.

Schwarz connaissait Jacqueline depuis son précédent voyage, un an auparavant. Au culot, il avait alors réussi à se faire inviter chez elle avec son épouse et son bébé. Elle avait accepté de signer la préface de son livre, et lui avait offert une estampe signée. Comment croire qu'il ait pu obtenir la promesse d'une préface et un cadeau d'une telle valeur, quand tant d'autres et plus connus se voyaient claquer la porte au nez ? « C'était tout le talent d'Herbert, se souvient Luc Archambault : son charme, sa douceur, son obstination. Et physiquement, il ressemblait un peu à Picasso. » J'ai vérifié : même visage rond, même calvitie, presque la même taille, et la même différence d'âge avec sa jeune épouse que Picasso avec Jacqueline. Elle a dû être attendrie.

Luc Archambault a tenté de me mettre en contact avec la veuve du docteur Schwarz, qui a fini par me répondre au bout de plusieurs mails. Mais seulement pour démentir l'histoire de la bague de Dora Maar, à laquelle j'avais fait allusion dans mon premier message. J'ai bien essayé de lui expliquer que ce point de détail était désormais hors sujet puisque j'enquêtais sur

Marie-Thérèse, elle n'a plus jamais répondu à mes courriers. Je ne saurai donc jamais si Herbert Schwarz a conservé des notes inexploitées de ses conversations avec Jeanne. Encore une piste qui se dérobe. Marie-Thérèse résiste.

5

PPMTW

1926 ou 1927 ? Je devrais laisser tomber cette histoire de date qui tourne à l'obsession. À la manière du docteur Schwarz, je me suis mise à scruter les lettres M et T sur les tableaux cubistes, comme les enfants cherchent « où est Charlie » dans les BD de Martin Handford.

Je pense souvent à ma lectrice. « Cette histoire n'est pas claire », disait-elle... Impossible de remettre la main sur le prospectus où elle avait noté son adresse mail. En désespoir de cause, je suis allée traîner dans la librairie où nous nous étions rencontrées. Évidemment, sans succès. Il m'est finalement paru plus raisonnable de retourner étudier la documentation du musée Picasso.

Si l'intuition d'Herbert Schwarz est validée par de grands historiens d'art, John Richardson, biographe de référence[18], la conteste vigoureusement. Il reconnaît que certains dessins antérieurs à 1927 ressemblent un peu à Marie-Thérèse. Mais il n'y voit que le fruit du hasard ou d'un pressentiment. Et il soupçonne même Jeanne d'avoir « voulu voler un peu de célébrité à sa sœur ». Elle a tenu pourtant à rester anonyme…

Plus perplexe, Pierre Daix[19] s'avoue troublé par le livre de Schwarz, d'autant qu'il a découvert aussi de son côté une silhouette de Marie-Thérèse incisée dans une nature morte de 1926. Mais il a fini par se laisser convaincre par des documents rendus publics par Diana Widmaier-Picasso, la petite-fille de Picasso : une photo, un dessin et un agenda, exhumés des archives familiales pour démontrer que la jeune muse avait bien dix-sept ans et demi quand elle rencontra le peintre[20] !

La photo représente le salon du pavillon de Maisons-Alfort, et Marie-Thérèse a noté au verso de façon naïvement énigmatique « *PPMTW*. Rencontre samedi 8 janvier 1927 ». Le dessin est un cœur percé d'une flèche à l'encre verte où elle a listé à la main les années 1927 à 1933. Enfin l'agenda est celui de 1927, protégé dans un étui Hermès en cuir rouge*. Marie-Thérèse l'a religieusement conservé, en y glissant un autoportrait de

* Quasiment le même que celui de Dora Maar.

Picasso sur un feuillet volant et une mèche de ses cheveux.

Diana Widmaier-Picasso raconte aussi avoir rencontré Geneviève, l'autre sœur de Marie-Thérèse, quelques années avant sa mort, laquelle aurait confirmé une rencontre en 1927.

Puis voilà Picasso qui brouille encore les pistes. Dans un poème du 11 janvier 1936, il écrit : « aujourd'hui anniversaire de cet amour qui est ma vie maintenant qu'il est six heures et quatre petites minutes du 11 janvier XXXVI[21] ». Il n'est plus question d'un « fameux samedi 8 », mais donc d'un simple mardi 11… Sans préciser s'il célèbre le neuvième ou le dixième anniversaire !

Les courriers et les arguments des uns et des autres prouvent surtout qu'ils ont réussi à bâtir autour de leur secret la plus solide des forteresses.

« La réalité objective, il faut la plier soigneusement comme on plie un drap et l'enfermer dans un placard une fois pour toutes[22] », avait dit Picasso à Brassaï.

Pour l'instant, je ne sais même pas si ce placard existe quelque part.

6

Domptée

Elle avait donc seize ou dix-sept ans. Et, juridiquement, ça ne change strictement rien car la majorité sexuelle est alors de treize ans, et la majorité civile de vingt et un ans : « Marie-Thérèse Walter n'est plus concernée par la criminalisation du rapport sexuel entre adulte et mineur, m'a expliqué l'historienne Anne-Claude Ambroise-Rendu. Picasso aurait seulement pu être poursuivi pour enlèvement de mineure, ce qui est tout autre chose, mais jusqu'aux vingt et un ans révolus de la jeune fille. » Et il aurait fallu pour cela que la famille s'en plaigne.

Quant à la réaction d'Olga, seize ou dix-sept ans, si elle l'apprenait, elle serait indifféremment furieuse.

Peu importe également l'âge de Picasso : quarante-quatre ou quarante-cinq ans. Dans la bulle qu'il a réussi à créer autour de Marie-Thérèse, il est redevenu Pablo Ruiz, un jeune homme amoureux d'une gamine innocente, insouciante et peu farouche.

Les premiers jours, l'adolescente prend ses marques et apprend à poser. Au lieu d'étudier la sténo, elle rejoint le peintre dans son atelier en début d'après-midi. Il lui suffit d'emprunter l'escalier de service pour ne pas croiser Olga. Et une fois au quatrième étage, à sa façon furtive de frapper, il devine que c'est elle.

Il l'installe sur une vieille chaise dans la pièce la plus grande, sûrement l'ancien salon. Toujours la même chaise, il y a très peu de meubles dans cet appartement que Brassaï décrit comme « transformé en capharnaüm ». Il se poste en face, debout devant le chevalet, silencieux, enchaînant pour commencer des esquisses plutôt classiques, qui aujourd'hui portent souvent le même titre : *Jeune fille assise* ou *Buste de jeune fille*.

Impressionnée, ou indifférente, elle ne regarde toujours pas les tableaux entassés contre les murs, ni même ne s'attarde sur les objets hétéroclites et sales qui traînent dans l'atelier. Que pourrait-elle en dire ?

C'est la première fois qu'elle pose pour un peintre. Comme chez le photographe, elle se concentre pour ne pas bouger. Il parle peu, et craignant de dire des bêtises, à ses rares questions, elle doit répondre par monosyllabes. Elle n'a pas vraiment peur, sinon elle serait partie, mais elle n'a jamais été enfermée si longtemps seule avec un homme, un inconnu, un « vieux monsieur », comme elle dit au début. Elle s'inquiète surtout de la colère de sa mère, si celle-ci apprenait qu'elle a séché les cours qui lui coûtent si cher. Alors, dès que la séance est terminée, elle enfile son manteau, son chapeau, lui dit « au revoir monsieur » et cavale jusqu'au métro.

De jour en jour, elle prend confiance. Elle sourit davantage, et se confie un peu, tout en dévorant les gâteaux qu'il a achetés pour elle. Elle lui avoue qu'elle déteste l'école, n'y va que pour faire plaisir à sa mère. Lui aussi se souvient qu'il était un très mauvais élève, surtout en mathématiques. « Un et un ; deux et un… ça ne m'est jamais entré dans la tête[23]. » Pour la charmer, il doit faire le pitre, mimer l'air ahuri du cancre, écarquiller ses grands yeux noirs, et elle éclate de rire. Souvent elle le fait rire aussi, mais sans forcément comprendre pourquoi. Et elle a toujours peur qu'il se moque. Mais non, il est sous le charme, troublé par sa grâce, ses joues rondes de l'enfance, et ses rondeurs de femme, son profil de déesse, et ses gestes maladroits. Elle est l'incarnation d'une femme rêvée, fantasmée. Elle est le corps parfait qui désormais obsède l'homme et le peintre.

Un jour, elle va cesser de l'appeler « monsieur ».

Un jour, il va s'approcher plus près, caresser calmement sa mèche de cheveux blonds comme pour la replacer, et il va l'embrasser. Tout doucement, sans la brusquer, de peur de l'effaroucher. Ou plus brutalement peut-être pour qu'elle n'ait pas le temps de réagir.

On peut seulement imaginer... Chacun à sa façon, chacun avec ses clés. Je rêverais d'une jeune Marie-Thérèse qui se débat, le gifle puis furieuse enfile son manteau et se tire. Mais on n'a pas forcément cette réaction-là quand on a seize ou dix-sept ans.

Plus probable : Marie-Thérèse est tétanisée parce que, naïvement, elle ne s'y attendait pas. Elle est affolée, parce que c'est affolant qu'un homme vous renverse, vous arrache un baiser, fourrage dans vos seins, écarte vos cuisses... Alors qu'aucun garçon ne vous a jamais caressée. Un léger mouvement de recul, un sursaut négligeable, et la voilà chavirée, embrassée, pénétrée, sans avoir pu résister. Son cœur cogne comme un tambour, mais ce bruit-là ne s'entend pas... Elle est comme une poupée muette entre ses bras.

Elle se laisse faire parce qu'il a su y faire. Mais avait-elle les moyens de dire ou penser non ? Elle se laisse faire parce qu'elle a fini par comprendre qu'il est un artiste riche et puissant. Il aurait l'âge d'être son père, et c'est important. Mais elle est peut-être aussi troublée qu'un homme la regarde comme une femme, pour la première fois. Il l'a choisie, la préfère, la câline, et lui dit qu'elle est belle. Alors, le lendemain, elle revient, et pas seulement parce qu'il a dit « à demain » avec autorité.

Le sujet du consentement n'est pas une question pour un homme de la génération de Pierre Cabanne qui l'interroge en 1974. Mais pour Marie-Thérèse non plus.

« Il m'a domptée », dit-elle... Elle a trouvé pour une fois le mot juste, qui dans sa complexité amalgame les nuances de tous ses synonymes : apprivoiser, dresser, dominer, éduquer, captiver, museler, contrôler, soumettre.

Marie-Thérèse ne connaît encore rien à la vie, Picasso la lui explique. Sous sa dictée, elle apprend, et se soumet, gentiment.

Marie-Thérèse ne connaît rien à l'amour. Dans les bras du Minotaure, la jeune vierge découvre le sexe. Doucement, mais sûrement, il l'entraîne chaque jour un peu plus loin.

Elle est si ingénue et spontanée que parfois les demandes du peintre la font rire[24]. Mais parfois, elle ne rit pas. Comme ce jour où, pour l'initier, il lui montre des dessins érotiques de jeunesse. Choquée, l'adolescente en reste sans voix. Elle attendra l'âge de soixante ans pour le raconter à l'universitaire américaine[25] qui saura lui tirer les vers du nez. Interrogée par Pierre Cabanne sur « le bonheur selon Picasso », elle a aussi cette réponse effarante, formulée d'un ton désinvolte : « Il viole d'abord la femme, comme Renoir disait, et puis après on travaille. Avec moi comme avec les autres[26]. »

Le verbe « violer » n'a clairement pas pour elle le sens qu'il a pour nous aujourd'hui. Le viol est certes considéré comme un crime depuis 1810, mais bien peu de femmes osent encore porter plainte. Et Marie-Thérèse s'exprime en 1974, six ans avant la loi de 1980 qui marquera la grande avancée dans la condamnation du viol.

Alors, quand elle dit « violer », elle entend peut-être « rapport violent », plus sûrement qu'il n'a pas pour habitude de lui demander son avis. Avec elle comme avec les autres. Mais elle ne s'en plaint pas. Elle y voit même une certaine idée du bonheur… « selon Picasso ».

Marie-Thérèse n'a pas dix-huit ans. Avant lui, elle n'a flirté qu'avec un ou deux garçons, dans des bals à Wiesbaden. Après lui, il n'y aura officiellement personne. Pas même Dieu comme Dora Maar. Elle n'a sans doute connu que cet amour-là…

Accessoirement, Renoir n'a jamais prétendu qu'un peintre devait violer ses modèles. « Je suis à peu près certain qu'il ne trompa jamais sa femme[27] », écrit même Jean Renoir à propos de son père. Marie-Thérèse se contente probablement de répéter sans savoir une formule fétiche de Picasso.

« Tu m'as sauvé la vie », revient aussi chez lui comme un leitmotiv. Le compliment la réjouit et il vient s'ajouter à toutes les déclarations enflammées dont il la couvre jour après jour. Personne ne l'avait jamais mise sur un tel piédestal.

Il est son premier amour, elle est son premier « amour fou ». Fou, comme déraisonnable, scandaleux, interdit, irrépressible, inavouable. Fou, comme le plaisir que lui offre son corps doux, ferme, voluptueux et soumis. Fou, comme fou de jalousie, à l'idée qu'elle puisse aller s'enticher d'un garçon de son âge. Cette gamine décuple sa libido et surtout sa fureur de peindre. Elle nourrit jour après jour une inspiration nouvelle et révolutionnaire. Elle régénère sa peinture. Alors, il a follement besoin d'elle, la voir, la toucher, la caresser, la peindre. Follement superstitieux, il a même le sentiment que cette femme lui porte chance. Sa seule présence l'enflamme, et elle fait exploser sa palette.

Désormais, Marie-Thérèse n'a plus besoin de courir en sortant de l'atelier. Picasso la raccompagne tous les soirs à Maisons-Alfort, en taxi ou dans sa Panhard avec chauffeur.

Elle nage en plein bonheur et confie à ses sœurs qu'elle est amoureuse. Elle prend surtout plaisir à être aimée, sans savoir qu'elle est surtout désirée, ou chosifiée, pour nourrir un processus créatif hors norme. Mais Marie-Thérèse ne s'intéresse pas au peintre, elle n'aime que Picasso. Elle admire sa cravate plus que ses tableaux.

La relation semble devenir si sérieuse qu'au bout de quelques mois Picasso accepte de rencontrer la famille. Marie-Thérèse sait bien que son métier devrait plaire à sa mère : celle-ci a souvent parlé à ses enfants d'un peintre qu'elle a aimé quand elle était jeune. Évidemment, qu'il soit marié importe peu. La jeune fille doit seulement hésiter à lui avouer leurs vingt-huit ans d'écart. Il en faudrait bien davantage pour choquer Émilie-Marguerite, qui s'inquiète surtout de l'innocence et de la crédulité de sa petite dernière. Elle insiste pour rencontrer cet homme et s'assurer de ses intentions.

J'imagine Picasso débarquant à Maisons-Alfort un dimanche à midi avec des fleurs et des cadeaux pour tous. Gai, charmant, attentionné, il est capable de subjuguer un bataillon de vieilles acariâtres. Les Walter n'y résistent pas davantage. Très vite, il est affectueusement baptisé Pic, et même adopté par Dolly, la chienne de la famille.

Au-delà de ce charisme naturel, il n'a pas échappé à Mme Walter qu'auprès d'un homme si riche, sa benjamine est à l'abri du besoin. Elle aussi, par la même occasion, au moment justement où le père de ses enfants vient de mourir… Tout faire pour que cette histoire dure !

Quant à Marie-Thérèse, son statut va subitement changer au sein de la famille. Elle était le vilain petit canard, la petite dernière « non reconnue », moins brillante et moins intelligente que les deux futures médecins. Elle peut désormais se vanter d'avoir séduit et ramené à la maison le plus grand peintre du siècle. Il l'a même préférée à Jeanne devant les Galeries Lafayette !

Et ce grand nez qu'elle détestait jusqu'ici, rêvant d'un petit retroussé à la Parisienne, Pic prétend qu'il est le plus beau du monde. Dans le miroir, elle se regarde autrement et finit par aimer ce profil grec parfait. Lui doit se sentir comme un coq en pâte, entouré de ces quatre femmes, dans cette famille simple, aux idées larges et à la morale souple. Une ambiance de harem qui n'est pas sans lui rappeler son enfance de petit roi, vénéré par sa mère, ses sœurs, sa grand-mère et ses deux tantes.

Au fond du jardin, il se bricole un atelier où il travaille parfois le week-end. Mais les deux amoureux vont souvent marcher sur la grève main dans la main, se bécoter dans l'herbe à l'abri des regards ou canoter sur la Marne comme deux tourtereaux. Si ses amis le voyaient… Il aime la regarder nager, faire de l'aviron ou patiner. À Paris, il l'emmène au cinéma, au cirque, ou dans des magasins de jouets pour lui offrir à dix-sept ans les poupées qu'elle n'a jamais eues enfant. Généralement, on le prend pour son père.

Dans son milieu de galeristes, de critiques et d'artistes, les gens ne comprendraient rien. Mais il s'en moque éperdument. À la différence d'Olga, elle est toujours de bonne humeur, disponible, excitante… Rien ne l'impressionne, rien ne la choque. Elle aime rire, manger et faire l'amour. Il a enfin trouvé sa femme idéale : belle, inspirante, enjouée, peu exigeante. Elle est sa parenthèse enchantée, sa liberté, son insouciance et sa jeunesse retrouvées. Cette fille le rend dingue.

Sans elle, les vacances en famille, en 1927 à Cannes, vont lui sembler interminables. Sous prétexte d'un rendez-vous, il se serait fait conduire à Paris, juste pour la revoir. Certains prétendent qu'il s'est arrangé aussi pour lui envoyer son chauffeur et la planquer quelques jours dans un hôtel de la Riviera. Mais c'est sûrement trop risqué avec une épouse aussi jalouse qu'Olga. Excédé, il finit par écourter leur séjour.

Un an plus tard, il ne s'imposera pas une telle séparation.

7

À mon aise

Olga conserve les habitudes des Russes blancs : elle préfère la Côte d'Azur en hiver. Elle est assez snob pour avoir essayé de changer d'avis quand les Murphy, Cocteau ou Gabrielle Chanel ont lancé la vogue d'une saison estivale sur la Riviera. Mais, au fond, elle se sent mieux parmi les aristocrates en villégiature sur la Côte d'Émeraude en Bretagne. Cette atmosphère élégante et guindée, ces villas Belle Époque, les comtes et les duchesses anglaises lui rappellent peut-être la Russie des Tsars où elle a grandi. Elle espère aussi que l'air de l'Atlantique calmera les douleurs dont elle souffre depuis des années, et lui ont imposé de multiples opérations. S'appuyant sur des courriers médicaux retrouvés dans les archives, la psychanalyste Caroline

Eliacheff a émis l'hypothèse qu'elle a pu souffrir d'un cancer[28].

En d'autres circonstances, Picasso aurait pris un malin plaisir à imposer Cannes ou Antibes, quoi qu'elle en dise. Mais, pour des raisons totalement étrangères à la santé de son épouse, il n'est pas mécontent d'échapper cette année à la bande des Murphy, joyeuse mais intrusive.

En juillet 1928, les Picasso prennent donc leurs quartiers d'été à Dinard. Ils ont trouvé une grande villa avec accès direct à la plage de Saint-Énogat. De loin, le père, la mère, l'enfant, la gouvernante anglaise et le chauffeur en livrée pourraient donner l'image d'une famille de grands bourgeois, comme ceux qui séjournent dans les châteaux balnéaires de cette station huppée. Mais on les aperçoit très rarement tous ensemble. Olga quitte assez peu la chambre et ses pyjamas Chanel. Paulo passe ses journées seul sur la plage avec la nounou. Et Picasso disparaît dès qu'il est réveillé.

Il prétend aller travailler dans un atelier qu'il aurait loué à l'autre bout de la ville. En vérité, il court chercher Marie-Thérèse, qu'il a secrètement inscrite dans une pension pour jeunes filles. Puis ils s'enferment dans une cabine de bain de la plage de l'Écluse. Aujourd'hui, l'allée qui longe ces cabines s'appelle promenade Pablo-Picasso. Sur place j'ai essayé d'imaginer celle qu'il aurait pu choisir. Peut-être l'une des plus éloignée du casino, ou mieux, en deuxième ligne, encore plus à l'abri des regards.

Il a une autre excuse que la peinture pour échapper à la vie de famille. Le jeune poète Georges Hugnet, qu'il a connu par Max Jacob et Gertrude Stein, séjourne à Saint-Malo, de l'autre côté de l'estuaire[29]. Ils vont parfois marcher tous les deux sur la plage, mais Picasso l'utilise plus souvent comme alibi. À l'improviste, il se penche à la fenêtre, hurle « Oui, Georges, j'arrive ! » pour s'éclipser pendant des heures. C'est du Feydeau à la plage.

Marie-Thérèse vient d'avoir dix-neuf ans. Elle n'a jamais été aussi belle, insouciante, aimée, amoureuse. Picasso lui a offert toute une garde-robe d'été : des maillots, des robes, des sandales. Dans le sable ou les vagues, elle joue encore comme une enfant. Mais sitôt la porte de la cabine refermée, elle redevient soumise au plaisir qu'il lui donne, ou parfois lui refuse, pour mieux la « dompter ». La poétesse et peintre Alice Paalen, qui entretiendra huit ans plus tard une brève liaison avec Picasso, racontait qu'une « de ses joies était de frustrer les femmes du plaisir[30] ».

« Vous étiez soumise ? » demande Pierre Cabanne. « Mais non, pas soumise, j'étais gentille ! », s'énerve Marie-Thérèse.

Elle a raison, « gentille » lui correspond mieux que « soumise », au moins dans ces années-là. Gentille, au sens d'aimable, conciliante, peu farouche... Bien gentille aussi : sans prétention, sans curiosité, sans ambition, mais non, pas exactement soumise. Parfois se sentant adulée, elle peut même paraître bravache, lui tenir tête, bouder, jouer les indifférentes. Voici en effet comment la décrit le surréaliste Roland Penrose : « Elle l'attirait par son corps ferme et sain, son type de nordique blonde, et son attitude étrangement distante. Elle en faisait toujours à sa tête, changeant d'avis ou de manière de vivre avec une inconséquence qu'on aurait pu attribuer à l'influence de la lune, ou quelque force encore moins prévisible. Elle avait une vulgarité robuste et il y avait en elle un manque de conformisme qui en faisait un contraste absolu avec Olga[31]. »

Seulement soumise et passive, elle aurait très vite ennuyé Picasso. À cette époque, il faut l'imaginer plutôt comme un feu follet à « dompter », une gamine ingénue et sans gêne qui se laisse entraîner dans une relation joyeuse et une sexualité sans tabou.

Est-elle heureuse ? « J'étais même pas heureuse, j'étais à mon aise. »

C'est à Dinard que leur huis clos s'entrouvre légèrement. La jeune maîtresse s'agace de voir son Pic faire du charme à ses camarades de pension, quand elles jouent au ballon sur la plage. Elle s'imagine même l'avoir vu « flirter » avec des filles encore plus jeunes[32]. A-t-il flirté ou s'est-il seulement amusé à la rendre jalouse ?

C'est à Dinard aussi qu'elle raconte avoir découvert le cubisme. Les *Baigneuses* de 1928 sont pourtant plus surréalistes que cubistes... Mais Marie-Thérèse n'entre pas dans ces subtilités-là. Elle a même sa propre théorie sur le cubisme : « Ces pauvres gosses qui étaient montés à Paris pour travailler ne vendaient pas leurs toiles. Un jour, ils ont pris le métro, ils ont vu toutes les feuilles déchirées, ils se sont dit : tient, si on faisait ça. Et voilà comment c'est sorti... » Si Picasso l'entendait, il serait le premier à en rire. De son « rire de sorcier », comme disait Malraux.

Sur les tableaux de Dinard, Marie-Thérèse avoue ne voir que des masses bleues informes qui « lui font plutôt peur », sans oser demander si c'est elle ou Olga. Elle préfère largement quand Pic « fait du classique ». Et globalement : « Sa peinture ne m'épate pas », confiera-t-elle même plus tard à Marie Cuttoli, une amie de Picasso*. « C'est drôle, non ? » dirait-il encore, sans pour autant la mépriser.

---

* Marie Cuttoli, collectionneuse, mécène et amie de Picasso. Elle est notamment à l'origine des tapis d'artistes tissés à Aubusson.

De retour à Paris, Picasso décide de louer un appartement près de la gare Saint-Lazare, qui sera un peu leur cabine, en plus confortable. Il commençait à devenir trop risqué de recevoir Marie-Thérèse tous les jours au-dessus de chez Olga, et sans qu'elle puisse jamais rester dormir sur place. Sa petite fille, Diana Widmaier-Picasso, imagine qu'il « souhaitait aussi la priver du contrôle de la famille[33] ».

Au numéro 11 de la rue de Liège, aucune plaque n'indique que Picasso a vécu dans cet immeuble. À l'époque déjà, il n'apparaît ni sur la boîte aux lettres ni chez la concierge. Dans l'annuaire, il n'est question que d'un « meublé ». Et à cette adresse, c'est au nom de « monsieur Picabia » que Marie-Thérèse lui écrit !

Il doit trouver jouissive cette usurpation d'identité. Un pied de nez au galeriste Rosenberg et à tous ceux qui osent parler des « deux Pica ». Cette pseudo-rivalité obsède et rend fou de jalousie Francis Picabia, tant il sait que l'autre le surclasse. « Depuis longtemps les lauriers de Picasso l'empêchent de dormir[34] », se délecte André Breton. L'Espagnol, lui, fait mine de dédaigner cette comparaison, mais, sans rien dire, il s'agace de lire que l'autre est « son meilleur ennemi ». Ce serait lui faire bien trop d'honneur. « Il est de ceux, dit-il, qui en font trop, faute de pouvoir en faire assez[35]... » Alors, il jubile en donnant à sa garçonnière le nom de ce cavaleur. « Il se fait souvent appeler Picabia quand il a quelque chose à se reprocher[36] », décrypte son biographe John Richardson.

Les lettres de la rue de Liège, comme toutes celles de Marie-Thérèse, ne sont pas consultables. Maya, sa fille, a souhaité qu'elles demeurent dans le secret familial. Les quelques historiens d'art qui ont pu les lire autrefois se souviennent de missives enflammées et terriblement naïves.

Quelques courriers de Picasso ont été partiellement reproduits. Sans être du niveau des grandes correspondances amoureuses, il y met du cœur et de l'emphase. « Marie-Thérèse, mon amour Marie-Thérèse. Je serai à Liège. Venir. J'ai l'espoir fou de rentrer à Paris vendredi. Je pense à toi, toujours et toujours à toi[37]. » « Ces billets [...] ont la gentillesse et la fraîcheur d'un collégien amoureux », observe Pierre Cabanne.

On sait peu de choses du quotidien de la jeune muse à la fin de ces années 20. La vieille dame s'en souvient comme d'une période « tout à fait exaltante, couverte d'amour, de baisers, de jalousie et d'admiration ». Des mots balancés d'une traite, d'un ton faussement assuré, comme si elle peaufinait la formule depuis années.

On peut supposer qu'elle navigue entre Maisons-Alfort et la rue de Liège, en continuant à poser parfois dans l'atelier de la rue La Boétie.

Elle ne travaille pas. Ce qui convient parfaitement à son tempérament nonchalant et son absence d'ambition. Sa seule obligation est d'exister, dans le lit et l'œuvre de Picasso, attendre son bon plaisir, se réjouir du sien, profiter d'un train de vie confortable et lui écrire tous les jours.

Pour passer le temps, elle fait du sport, sa seule passion en dehors de lui. Quand elle pose, évidemment elle s'ennuie, alors elle s'assoupit. Le peintre n'y voit aucun inconvénient, bien au contraire : « Comme je l'aime, quand elle dort. » En revanche, il déteste la voir rire. Et il insiste toujours pour qu'elle reste sérieuse et ferme la bouche.

Il préfère souvent dessiner à partir de photos. Alors elle s'amuse à faire pour lui des photomatons. Dans une rafale de clichés de 1930, on la découvre tantôt mutine, coquine, butée, provocante, souriante, mais surtout fière d'arborer un joli béret qu'il vient de lui offrir.

Parfois, il se sent des velléités de Pygmalion. Pourquoi ne pas la faire lire pour l'occuper ? Il a commis l'erreur de commencer par Sade, qu'elle a détesté. Un jour, il a tenté aussi de lui apprendre à dessiner. « Mais il a vu que j'étais vraiment enfantine. Il s'est dit non, avec celle-là, ça prendra pas... » Il a eu plus de succès en lui offrant un vélo et un skiff, pour pratiquer l'aviron sur la Marne.

Des historiens d'art ont émis l'hypothèse qu'après la rue de Liège, le peintre aurait loué une autre garçonnière, rive gauche. À travers *La Fenêtre ouverte*, un tableau de 1929, ils ont cru reconnaître les deux flèches de la basilique Sainte-Clotilde, dans le VIIe arrondissement. Personne n'ayant jamais retrouvé la trace de cet appartement dans les archives, ils ont supposé que Picasso aurait utilisé un prête-nom, probablement son banquier. Les blancs qu'il faut combler donnent même aux historiens la tentation de la fiction.

Il ne fait aucun doute, en revanche, qu'en août 1929 Picasso embarque à nouveau sa troupe à Dinard. M. et Mme Picasso inaugurent l'hôtel le Gallic (le nouveau palace Art déco, face à la mer), avant de louer la villa Bel Event à la pointe du Moulinet. Elle appartient à Lady Mond, une demi-mondaine que Picasso a connue à Montmartre, devenue milliardaire après avoir épousé le roi du nickel anglais. Olga va beaucoup mieux et se réjouit du charme très british de ce cottage avec vue sur l'Océan.

Elle ignore que Marie-Thérèse est encore du voyage, chaperonnée cette année par ses deux sœurs aînées, Jeanne, vingt-trois ans, Geneviève, vingt-cinq ans… Et peut-être même leur mère.

Picasso les a logées à la pension Albion, dans un quartier calme au-dessus de la mer. De la rue de la Malouine, un petit escalier fleuri descend directement vers la plage, et les fameuses cabines. Ils doivent avoir chacun leur clé, pour s'y introduire discrètement, l'un après l'autre, sans attirer les regards.

Picasso peint très peu cet été-là, prétextant que les chambres de la villa Bel Event sont trop exiguës pour y installer ses grandes toiles. Il se consacre un peu à son fils Paulo qui vient d'avoir huit ans. Et dès qu'il le peut, il s'échappe et retrouve en toute discrétion Marie-Thérèse et ses sœurs. Se promener avec trois jeunes filles paraît toujours moins suspect qu'avec une seule.

Il les a forcément invitées au grand casino Balneum qui vient d'ouvrir. Ils ont dû boire un verre au bar américain et déjeuner au restaurant du deuxième niveau. Picasso, qui ne sait pas nager, n'a sûrement pas mis les pieds à la piscine couverte, mais Marie-Thérèse et ses sœurs ont dû passer des heures dans ce bassin décoré de mosaïques bleu et or. Et quand elles quittent la piscine, c'est pour aller jouer au ballon ou bronzer sur la plage. Les trois jeunes filles inspirent d'ailleurs au peintre quelques *Baigneuses*, de petit format.

De ces vacances à Dinard, quatre photos seulement ont émergé des albums familiaux :

Marie-Thérèse sur les planches, devant le casino, jambes nues et peignoir crème ; Marie-Thérèse à la plage, dans une tenue de bain toute blanche, allongée sur une serviette ; ou encore sur le sable, en maillot bicolore. Elle sourit et rayonne sur les premières photos, mais paraît contrariée sur la dernière. « Je pleure depuis toujours avec Pablo Picasso[38] », disait-elle. Aurait-elle commencé à Dinard ?

À ses pieds, un petit garçon, assis en train de lire un journal, ressemble fort à Paulo. Aussi étrange que cela paraisse, il connaît depuis des mois la jeune maîtresse de son père. Picasso les invite ensemble au cirque, ou dans des parcs d'attractions. Mais, bon petit gars, il n'a jamais rien répété à sa mère. Chez les Picasso, on grandit dans le culte et le respect du secret.

8

Merveilleusement terrible

« Vous m'avez dit qu'il était merveilleusement terrible », rappelle Pierre Cabanne à la sexagénaire... « Oui heureusement, répond Marie-Thérèse en riant, sans quoi, il ne m'aurait pas plu... » L'époque ne peut rien comprendre à cette façon ingénue qu'elle a d'en glousser. Mais elle ne comprendrait pas non plus que nous soyons choqués.

Attention terrain miné. J'ai l'impression d'avancer sur une crête escarpée, glissante sur les deux versants. D'un côté, le génie du XXe siècle, monument classé au patrimoine mondial, dont il ne faudrait que vénérer l'œuvre au risque d'être sinon accusée de n'y rien comprendre. De l'autre, la parole des victimes, enfin et heureusement libérée, et la tentation collatérale d'instruire un procès pour violences faites aux femmes, commises il y a près d'un siècle.

Cette lame de fond embarrasse ou agace tous ceux qui travaillent sur l'œuvre de Picasso, et craignent que l'on ne finisse par décrocher ses chefs-d'œuvre, comme on déboulonne les statues. Il y a quelques mois, des élèves d'une école d'art ont manifesté silencieusement au musée Picasso de Barcelone, en portant des tee-shirts floqués de slogans comme « Picasso Barbe-Bleue » ou « Picasso woman abuser ». Dans une interview au journal *El País*, le plasticien danois Olafur Eliasson l'a comparé à Harvey Weinstein. Aux Beaux-Arts de Québec, sa dernière exposition était accompagnée d'avertissements sur la grossophobie et la différence corporelle, comme pour s'en excuser auprès des femmes et de tous ceux que l'artiste pourrait offenser. Plusieurs amies m'ont encore envoyé un lien vers un podcast féministe qui dénonce en Picasso un « homme violent et misogyne », « le mâle alpha ultime, le dominateur[39] ». Il est précédé d'un avertissement : « Cet épisode est particulièrement difficile et parle de violences sexistes et sexuelles, de pédocriminalité… » Le chemin de crête le plus escarpé est souvent celui de la mesure, « l'intransigeance exténuante de la mesure », disait Camus. Violences, domination, misogynie, évidemment. Pédocriminalité, légalement non. Que Marie-Thérèse en ait seize et demi ou dix-sept quand elle rencontre le peintre, elle n'est plus une enfant, elle est même sexuellement majeure. Mal nommer ce qu'elle a vécu serait ajouter à son destin la caricature et la confusion…

« Le mot exact c'est l'emprise », m'a confirmé Maude Julien. Séquestrée par son père jusqu'à l'âge de dix-neuf ans, elle est aujourd'hui thérapeute et l'une des meilleures spécialistes de ces phénomènes de domination et de dépendance. Elle définit l'emprise comme « la relation entre un prédateur – l'ogre – et sa victime. Pour lui, seul compte son propre monde mental, ses croyances, ses besoins, ses désirs. Les autres ne sont que des instruments ou des obstacles ». (Pour Picasso, traduisons : « seule compte sa peinture ».) Le piège se referme sur la victime dès lors que le prédateur repère celle qui va se laisser faire. « Il lui fait croire qu'il est l'amour incarné et prend peu à peu possession d'elle, tandis qu'elle s'attache et se trouve ligotée par ce lien[40]. »

Après avoir attentivement écouté l'interview de Marie-Thérèse, Maude Julien a identifié chez elle les signes classiques d'une femme sous emprise : une voix restée figée dans l'enfance, un petit rire nerveux qui ponctue des phrases qui n'ont rien de drôle, et l'absence totale de curiosité.

Elle a noté des expressions, dont certaines m'avaient échappé : « je n'ose pas », « je n'aurais jamais osé », « il ne me donnait pas l'idée de l'interroger ».

Elle a remarqué aussi cette manie d'asséner les heures et les dates avec une précision d'archiviste : « comme une leçon bien apprise » ou « le besoin de prouver que les faits ont bien existé ».

Alors, « faut-il séparer l'homme de l'artiste ? » questionne de façon ironique et acide Hannah Gadsby, une humoriste féministe australienne devenue célèbre sur Netflix avec un sketch sur Picasso. Le peintre a répondu lui-même à cette question, en expliquant à son ami Brassaï qu'il ne faut rien séparer : « Pourquoi croyez-vous que je date tout ce que je fais ? C'est qu'il ne suffit pas de connaître les œuvres d'un artiste. Il faut aussi savoir quand il les faisait, pourquoi, comment, dans quelle circonstance. Sans doute existera-t-il un jour une science que l'on appellera peut-être "la science de l'homme", qui cherchera à pénétrer plus avant l'homme à travers l'homme créateur... Je pense souvent à cette science et je tiens à laisser à la postérité une documentation aussi complète que possible[41]. »

Nous voilà donc au cœur de ce qu'il appelait la « science de l'homme » qui pourrait même nous permettre de séparer l'homme de l'artiste, mais sans conjuguer le passé au présent.

L'homme est un macho espagnol, né en Andalousie au XIXe siècle, mâle dominant, prédateur, évoluant dans un monde où les femmes, « déesses ou paillassons », demeurent des citoyennes de seconde zone.

L'artiste est un génie absolu, mais un monstre d'égoïsme qui ne vit que pour sa peinture et dévore celles qui la nourrissent.

Que l'homme et l'artiste se soient ligués pour maltraiter les femmes, et souvent les hommes aussi, ne fait pas l'ombre d'un doute, et depuis bien longtemps. Son petit-fils et deux de ses femmes se sont suicidés, deux autres sont devenues presque folles. Marie-Thérèse elle-même le traite allègrement de *monstre*, ou de *diable*. L'exposition consacrée à « Picasso l'étranger[42] » présentait aussi une archive peu connue, un dialogue entre Igor Stravinsky et Alberto Giacometti :

« Je connais très bien Picasso, commence le sculpteur.

– Et vous ne l'aimez pas ? lui demande le musicien.

– Il m'étonne, il m'étonne comme monstre...

– Et si on lui dit qu'il est un monstre, il ne le croira pas. Il pensera que c'est une offense. Ce n'est pas une offense c'est une constatation, approuve Stravinsky.

– Moi je crois qu'il pense bel et bien qu'il est un monstre », conclut Giacometti.

Je commence néanmoins à décoder les réticences de certains à me parler de Marie-Thérèse, me suspectant peut-être de vouloir à mon tour forcer le trait du mauvais génie. Je tente seulement de percer le mystère de cette femme qui a vécu dans l'ombre un amour fou, mais flou, sans éprouver le besoin d'exister par elle-même. Trop rationnelle, trop ancrée dans mon siècle, je cherche à décoder l'alchimie d'un couple qui ne se nourrit d'aucune complicité intellectuelle. Mais, sans nier sa souffrance, ni celle des autres femmes qui ont partagé la vie du peintre, je devine qu'il faut basculer du « comment » au « pourquoi » : d'où vient la passion dévorante et irrationnelle de l'artiste pour sa muse ? Quel est le moteur de cette machine à broyer, vampiriser, au service de son œuvre ?

9

Belle au bois dormant

Juin 1930 : Picasso annonce à Olga qu'il vient d'acheter pour elle le château de Boisgeloup. Il l'a promis aussi à Marie-Thérèse. Rien n'est faux, rien n'est vrai. Il a plutôt acquis pour lui cette première propriété sur le sol français ! Il rêvait depuis longtemps d'une résidence à la campagne avec de grands espaces, pour se consacrer à la sculpture, cesser de transporter ses toiles au gré de ses villégiatures estivales, et secrètement accueillir Marie-Thérèse.

C'est son ami le peintre naïf Élie Lascaux qui lui a déniché ce domaine, du côté de Gisors en Normandie, à la fois proche de Paris (soixante kilomètres seulement) et suffisamment isolé du village pour vivre heureux, vivre caché. Picasso s'est offert dans la foulée la voiture assortie au château. Il appelle « mon trésor » la somptueuse Hispano-Suiza noire pour laquelle il va faire spécialement aménager le garage.

En cherchant des précisions sur la présence de Marie-Thérèse à Boisgeloup, j'ai découvert l'ouvrage d'un journaliste britannique aujourd'hui décédé, Roy MacGregor-Hastie. *Picasso's women*[43], paru à la fin des années 80, n'a jamais été traduit en français, il est rarement cité, ou alors, en se pinçant le nez, par des historiens d'art qui pointent certaines erreurs, notamment sur des dates. Le chapitre consacré à Marie-Thérèse bénéficie pourtant d'un témoignage unique et inédit : celui du poète Tristan Tzara, auquel le livre est d'ailleurs dédié.

Il va falloir revenir un peu en arrière... Picasso et Tzara se sont connus vers 1920 quand le jeune Roumain fondateur du mouvement dada, âgé de vingt-quatre ans seulement, débarque de Zurich, attendu comme le Messie par Breton, Éluard, Aragon, Soupault, Picabia... Le Tout-Paris artistique ne parle que de lui et Olga ne résiste pas au plaisir d'inviter cette nouvelle coqueluche à sa table. Elle va très vite déchanter en le découvrant beaucoup plus grossier et déluré qu'elle n'imaginait. Picasso en revanche l'adore ! Et pas seulement parce que son épouse le déteste. Il est tombé sous le charme du jeune dandy à monocle, anarchiste, révolté, nihiliste et provocateur.

Ils ont quinze ans d'écart, mais avec lui, Picasso se sent rajeunir. Il aime son humour, son culot, son goût du scandale. Il s'amuse comme un fou dans ses fiestas dada chic totalement déjantées qui choquent le bourgeois et peuvent virer à l'émeute.

Picasso et Tzara partagent aussi des passions moins tapageuses : pour les poèmes d'Apollinaire, le douanier Rousseau ou les arts primitifs... Plus tard ils s'engageront ensemble, auprès des républicains espagnols puis au Parti communiste. Leur rencontre en 1920 marque donc le début d'une amitié de quarante ans, qui va connaître des hauts et des bas, au gré des voyages de Tzara et des compagnes de Picasso qui n'apprécient pas toujours son humour corrosif.

Sous le règne de Marie-Thérèse, il est bien en cour ! Et dès le début ! Dès le « fameux samedi ». Tzara raconte que Picasso avait dormi chez lui, après une « fiesta dada chic » un peu trop arrosée. Et il rentrait à pied jusqu'à la rue La Boétie, en passant par les Galeries Lafayette... Quand il aperçoit Marie-Thérèse, il est d'autant plus troublé qu'elle est exactement le genre de femme dont le poète, très porté sur les blondes et marié avec une Suédoise, lui a rebattu les oreilles toute la soirée. « Elle avait l'air silencieuse et assez stupide, ce qui était justement ce dont il avait besoin après les vociférations d'Olga[44]. »

Tzara est le seul ami dans la confidence. Il propose même d'abriter le couple chez lui. Mais Picasso préfère éviter, le poète n'ayant pas caché qu'il trouve la gamine ravissante.

Pour en revenir à Boisgeloup, selon Tristan Tzara, Marie-Thérèse a été la première à visiter le château, avant même Olga et Paulo. Ce n'est pas vraiment un château, plutôt une gentilhommière du XVIIIe, mais la jeune fille n'a jamais vu une si belle maison. Sur la bâtisse principale, elle va compter vingt et une fenêtres en façade ! Elle a dû pousser des cris d'émerveillement dans la chapelle du XIVe, admirer les écuries où il a prévu d'installer son atelier de sculpture. Adorant la campagne, elle est impressionnée par les six hectares de terrain vallonné qui composent le domaine. « Tu le veux ? » demande Picasso. Marie-Thérèse éclate de rire : « On n'est pas la belle au bois dormant, ici ! »

Olga, elle, ne se fera pas prier pour jouer les châtelaines. Elle a de grands projets : faire installer le chauffage central, creuser une piscine. Et elle a demandé conseil à Coco Chanel pour la décoration. Picasso accepte de payer le mobilier Empire, les tentures et les miroirs. Mais il refuse la piscine et même le chauffage central. Le froid sera son meilleur allié pour tenir son épouse à distance et se réfugier à Boisgeloup de l'automne au printemps, seul avec Marie-Thérèse et son chien saint-bernard. Quand il fait assez doux, il sculpte dans les écuries, sinon il se replie au deuxième étage, chauffé par un brasero.

Olga rêvait aussi de grandes réceptions. Seuls quelques intimes de marque seront invités au château : le galeriste Henry Kahnweiler et son épouse, le comte et la comtesse de Beaumont, Misia Sert, Coco Chanel, Cocteau… Picasso débarque parfois avec Tristan Tzara. Georges Braque passe voir les sculptures, seulement si Olga n'est pas là… Et quand la voie est vraiment libre, Marie-Thérèse est ici comme chez elle, invitant sa famille.

Elle doit venir en train, ou à bicyclette, car les quatre-vingts kilomètres depuis Maisons-Alfort ne lui font pas peur. Si les invités d'Olga occupent le château, elle s'arrête à Gisors et il la rejoint dans un petit hôtel où ils ont leurs habitudes.

Mais elle règne sur le château même en son absence. Les ateliers sont peuplés d'énormes têtes de Marie-Thérèse en plâtre, le front qui se confond avec un nez proéminent, devenu comme un sexe d'homme au milieu du visage.

Picasso a racheté une presse à son imprimeur qui partait à la retraite. Elle lui permet de réaliser lui-même ici des estampes. Et le corps voluptueux de Marie-Thérèse s'alanguit encore sur la plupart des plaques. Il aurait vraiment fallu qu'Olga s'intéresse peu au travail de son mari pour ne pas soupçonner l'existence de la jeune fille. L'exposition qui lui a été consacrée en 2017, au musée Picasso, a révélé qu'elle connaissait parfaitement son existence. En juillet 1928, elle a intercepté une carte postale. Et à la date du 27 octobre 1929, elle a noté dans son agenda l'adresse de la rue de Liège. Mais elle imagine peut-être qu'elle n'est pas une menace. Une photo de 1932 représente Olga en tenue Chanel, devant l'atelier de sculpture. Picasso photographe doit prendre un malin plaisir à la faire poser au nez de sa maîtresse.

10

Érotisme de géant

1932. Marie-Thérèse a bientôt vingt-trois ans, dont déjà cinq ou six à l'ombre de son maître, et sans la moindre vie sociale. Elle a grandi sous cloche. Elle est sa captive consentante et amoureuse, et ne se plaint jamais de son enfermement. Elle continue à bénir la chance de l'avoir rencontré. « Elle accepte tous les arrangements, comme elle les acceptera tout au long des années, raconte Tristan Tzara. Quelles que soient ses fautes, elle ne s'est jamais montrée ni ingrate ni querelleuse. Elle était heureuse de faire l'amour quand il le voulait, et paresser le reste du temps, à condition qu'il fasse chaud, dans des lieux confortables où se nourrir sans effort[45]. » C'est le regard d'un homme né en 1897, fasciné par le génie et la puissance de son ami Picasso.

C'est le récit dégoulinant de machisme ordinaire d'un poète qui reste avant tout un mâle de son temps. Mais Marie-Thérèse doit réellement donner cette impression en public.

Elle écoute aussi avec compassion son amant se lamenter chaque jour de l'enfer que lui fait vivre son épouse. Il dit toujours qu'il veut divorcer, et pourquoi ne le croirait-elle pas ? Il paraît si comblé.

Pourtant, elle ne lui suffit plus. Une femme lui a-t-elle jamais suffi ? Tzara a beau se plaindre que son ami ne l'accompagne plus jamais dans les bordels où ils avaient leurs habitudes, Raymond Queneau, lui, a noté dans son journal qu'en octobre 1931 « Picasso a recommencé à courir les filles. » À cette période, Olga aurait découvert une liaison avec un modèle japonais qui posait en kimono[46], et il a promis de rompre pour avoir la paix.

Il vient d'avoir cinquante ans. Il déteste cette idée-là et interdit à quiconque d'évoquer son âge. Pas du genre à fêter son demi-siècle comme Braque à Varengeville. Aux commémorations des années qui filent, il préfère la célébration de son œuvre. L'événement de cette année-là sera sa rétrospective, en juin à la galerie Georges Petit à Paris, puis en septembre à Zurich. « Me voici rajeuni et plein de vie [...] comme un gamin de vingt ans[47] ! »

Picasso a réuni plus de deux cents tableaux, et notamment les derniers, hommages éblouissants à la plastique de Marie-Thérèse, explosion érotique d'une femme telle une offrande et d'un homme qui des yeux la dévore. Même les natures mortes célèbrent en secret ses formes langoureuses, ses seins et son sexe comme un fruit, le jaune de ses cheveux, le rose et le mauve, ses couleurs préférées.

Certains critiques sont déroutés par la scénographie imaginée par Picasso lui-même : des murs en velours pourpre et l'accumulation de toiles du sol au plafond. Ils reprochent aussi au peintre d'avoir cassé la chronologie et accroché, en dépit du bon sens, pensent-ils, les tableaux d'aujourd'hui avec ceux d'hier. Mais la plupart des visiteurs sont enthousiastes, et intrigués par ce dernier modèle qu'ils ne connaissaient pas : « Dis donc, la femme que tu nous montres, elle est tout le temps en train de dormir[48] », aurait dit un ami. Jamais un dialoguiste ne mettrait ces mots-là dans la bouche d'un proche de Picasso. À tort peut-être. Mais c'est ainsi que Marie-Thérèse s'en souvient…

Dans une forme plus élaborée, le marchand Henry Kahnweiler est surtout impressionné par le désir fou du peintre pour la jeune somnolente : « Il semblerait qu'un satyre qui viendrait de tuer une femme aurait pu peindre ce tableau.

C'est très vivant, très érotique, mais d'un érotisme de géant. Nous sommes sortis de là écrasés[49]. »

L'écrivain Kamel Daoud a passé en 2018 une nuit au musée Picasso, seul face aux mêmes tableaux. « C'est l'autoportrait d'un satyre rendu maniaque[50] », éprouve-t-il aussi. Il note que « le peintre ne peint jamais sa proie de face, la fixant, mais toujours de profil, plongée dans un autre monde, étrangère au peintre, consentante mais pas complice, immobile dans le champ de l'intimité mais pas dans le lien de l'intelligence. Ce n'est pas un dialogue de regard mais un dialogue de chair [...]. Ainsi exclue la femme est plus puissamment possédée ».

Jamais en effet la muse ne regarde le peintre. Jamais elle ne sourit. En 1932, il n'est plus nécessaire que Picasso l'exige. Marie-Thérèse a pris le pli, elle obéit. Domptée. Planté devant la proie, Daoud découvre le chasseur : « Cette nuit d'octobre au musée, à Paris cœur de l'Occident, j'ai pressenti étrangement comment un homme pouvait manger une femme, réellement, dessiner son crime, le confesser et être admiré pour ce cannibalisme déstabilisant. »

Olga est si jalouse, et soupçonneuse, qu'il est invraisemblable qu'elle ait attendu cette exposition pour découvrir l'existence de sa rivale, soit au moins cinq ans après le début de leur liaison.

Elle a longtemps fermé les yeux sur une aventure extraconjugale qui lui semblait sans danger. Mais, à partir de juin 1932, elle n'est plus seulement cocufiée, elle est publiquement humiliée. Même si la plus belle pièce est consacrée à ses portraits et ceux de leur fils, tout Paris a pu admirer la nouvelle maîtresse de son mari, ses seins, son entrejambe. Tout Paris bruisse de cette blonde à la nudité lascive. En choisissant un accrochage aléatoire, Picasso a réussi à disséminer ses portraits en évitant l'accumulation. Mais il en aurait fallu bien davantage pour la cacher aux yeux d'Olga et des autres.

Quelqu'un a peut-être eu la délicatesse de la prévenir : à la veille de l'exposition, elle a filé à Juan-les-Pins avec son fils Paulo. Le peintre aussi a séché l'inauguration. « Les vernissages m'assomment », dira-t-il plus tard à Brassaï. À cette soirée de gala en smoking et robe du soir, il a préféré le cinéma. Et dès le lendemain, jour anniversaire d'Olga, il est de retour à Boisgeloup, au travail, avec Marie-Thérèse.

Donc, pas de scandale public, au moins ce jour-là. Mais Tzara en a vu d'autres. Il est arrivé qu'Olga donne « un tel coup dans l'Hispano-Suiza qu'elle enfonce la portière et se casse le pied ». Une autre fois, elle s'est mise à hurler sur le poète et le chauffeur, les accusant de complicité. Sur Marcel elle a balancé un plateau en argent, et sur Tzara la tête d'hippopotame exposée dans le hall de Boisgeloup. Il raconte aussi que Picasso a longtemps craint qu'elle ne finisse par s'attaquer physiquement à Marie-Thérèse*. Mais elle n'est jamais allée jusque-là. En revanche, elle aurait tenté de se pendre dans la chapelle de Boisgeloup.

Quand il parle d'Olga, Picasso la décrit toujours comme une mégère qui lui fait vivre l'enfer. Mais qui aurait supporté ce qu'elle a vécu ?

Elle a tout quitté pour lui : sa carrière de danseuse, son pays, sa famille. La Révolution russe l'a même totalement coupée des siens. Elle a dû aimer son confort, le prestige d'un mari célèbre et le bonheur des premières années. Mais elle a supporté aussi les humiliations, les infidélités, l'indifférence et même les coups, si l'on en croit Françoise Gilot qui affirme que Picasso, parfois, la traînait par les cheveux « pour la calmer ».

Alors, elle s'accroche ! Par vanité, snobisme ou convention bourgeoise, elle refuse de lâcher le titre de Madame Picasso. Dans son monde, on ne divorce pas, on se marie pour la vie. Mais, comme Marie-Thérèse, elle vit sous emprise, convaincue que perdre Picasso serait tout

---

* Un dessin, du 7 juillet 1934, intitulé *Le Meurtre ou La mort de Marat*, semble représenter Olga poignardant Marie-Thérèse.

perdre. Et peu à peu elle s'empoisonne dans la jalousie, les colères, l'aigreur, et la folie.

Mais elle n'a accordé aucune interview, ni écrit ses mémoires. On ne connaît même pas le son de sa voix.

11

Congés payés

L'exposition a créé un profond malaise avec Olga. Mais Picasso n'est pas encore prêt à tout sacrifier pour divorcer. Des lettres et des factures conservées dans les archives[51] révèlent que le couple a dû se réconcilier au cours de l'été. Un galeriste allemand et son épouse les remercient pour un dimanche de juillet à Boisgeloup. Des photos du mois d'août les montrent en famille à Dieppe, puis en septembre, dans les Alpes, en chemin vers l'exposition de Zurich.

Pour la paix de son ménage, Picasso a jugé bon d'éloigner Marie-Thérèse en lui offrant des vacances sur la Riviera. L'été précédent, elle était partie à Saint-Raphaël avec sa sœur Geneviève. Cette fois c'est Jeanne, la cadette, qui profite des congés payés par Picasso. Plusieurs photos ont conservé le souvenir de cet été 32. Les deux sœurs sont d'abord photographiées sur les hauteurs de Nice et dans les gorges du Loup. Marie-Thérèse, bras nus et bronzée, très sexy dans une tenue si moderne qu'on pourrait la trouver aujourd'hui chez Rykiel ou Chanel : une sorte de combinaison pantalon fluide en jersey. Le style de Jeanne est plus vieillot. Les mêmes, quelques jours plus tard sur la promenade de Juan-les-Pins : cette fois, Jeanne totalement relookée éclipse sa jeune sœur. Elle a une allure folle en pantalon blanc et large, un bustier noir qui met en valeur ses épaules, et un chignon son port de tête. Dernières photos sur la plage : Marie-Thérèse seule sur le sable tenant un ballon comme une otarie dans un cirque, puis Jeanne en pleine mer. Les deux sœurs portent exactement le même maillot de bain, un modèle noir une pièce, assez original pour l'époque, avec un système de bretelles retenues au-dessus de la poitrine par un unique anneau métallique. J'ai fini par remarquer qu'elles ont aussi les mêmes sandales. Picasso a dû tout acheter en double.

Au retour des vacances, plusieurs biographes affirment que Marie-Thérèse est tombée malade au point d'être hospitalisée plusieurs semaines et de perdre ses cheveux. John Richardson parle d'une spirochétose, une sale bactérie attrapée en nageant ou en faisant du kayak dans la Marne.

Picasso a souvent représenté à cette époque sa jeune maîtresse morte ou inanimée, tirée hors de l'eau par d'autres femmes. Ces dessins ont plutôt accrédité la thèse d'une noyade à laquelle elle aurait échappé de justesse. Dans la Marne, il arrive que de bons nageurs se fassent piéger par les courants. Mais « peindre n'est pas dépeindre », disait Braque... D'autres auteurs ont envisagé l'hypothèse d'un avortement ou une tentative de suicide.

« Marie-Thérèse, quand on prononce devant vous le nom de Pablo Picasso, quelle est la première image qui se présente à vos yeux, ou à votre mémoire ? » lui demande Pierre Cabanne... « Le secret », dit-elle.

12

Suzanne 1

J'ai enfin retrouvé les coordonnées de ma lectrice, au fond d'un vieux sac : une adresse sibylline et un peu vintage, composée de deux lettres, ts (sûrement ses initiales), un code postal et @wanadoo.fr. Elle n'a pas semblé surprise de recevoir mon message. Elle a seulement noté que j'avais un peu tardé. Et elle m'a donné rendez-vous très vite, sans même se demander si je pouvais être libre : « Demain 11 heures au café Le Mesnil, angle Boétie et Miromesnil… Parce que c'est là que tout a commencé. » Je n'ai compris ce qu'elle voulait dire qu'en arrivant sur place : en face exactement de l'atelier et l'appartement de Picasso, 23, rue La Boétie.

Elle m'attendait à l'intérieur. Seule devant son café crème, un petit sac à dos accroché à sa chaise. « Première chose, me dit-elle, vous ne me connaissez pas et ne m'avez jamais rencontrée. » Et à mes premières questions la concernant, systématiquement la même réponse : « Aucune importance. » Je finis par lui expliquer que j'ai besoin de connaître au moins son nom et comprendre l'intérêt qu'elle aurait à m'aider. Nous ne sommes pas dans un film d'espionnage. Elle reste silencieuse un moment, puis débite à toute allure : « Je m'appelle Suzanne*. Je n'ai jamais rencontré ni Picasso ni Marie-Thérèse, mais j'ai connu sa sœur Jeanne à Reims, quand elle était médecin. » Mentalement, je calcule que pour avoir travaillé avec Jeanne elle devrait avoir au moins quatre-vingts ans. Elle en paraît dix de moins. Mais j'ai peut-être mal compris. Elle n'a pas dit exactement qu'elles ont travaillé ensemble...

« Alors, où en êtes-vous ? » Je résume. Elle acquiesce, en s'étonnant parfois de certains faits qu'elle ne connaissait pas, et notamment le récit de Tzara. J'observe néanmoins qu'elle a presque tout lu, même des ouvrages en anglais non traduits. Elle corrige aimablement mes approximations, apporte quelques corrections, puis elle lève les yeux au ciel quand j'avoue n'avoir aucune certitude sur l'année de la rencontre.

* Le prénom a été modifié.

« Vous n'allez quand même pas gober ce que raconte la famille ? » Et pourquoi pas ? Suzanne se lance alors dans une démonstration point par point qui révèle une parfaite connaissance du dossier : « Prenez la photo du salon de Maisons-Alfort. Pourquoi Marie-Thérèse aurait noté la date de sa rencontre avec Picasso devant les Galeries Lafayette, au dos d'un cliché représentant l'appartement de sa mère ? Ça ne tient pas ! » Oui mais pourquoi aurait-elle menti sur une photo classée dans son album personnel ? Et l'agenda est bien celui de 1927 ! « Et alors ? » s'agace encore Suzanne. Mais quel intérêt auraient-ils à s'acharner sur ce point de détail, après toutes ces années ? « L'honneur de Picasso, madame ! Aujourd'hui plus qu'hier. Les féministes commencent à le traiter de monstre. Que dirait-on si on apprenait qu'à l'âge de quarante-cinq ans, il entretenait une liaison avec une fille de seize ans ? » Ni vous ni moi, Suzanne, n'en avons la moindre preuve ! Elle me regarde alors stupéfaite…

À force d'insistance, je finis par sortir de l'impasse. Cette histoire de date est insoluble, et qu'elle ait seize ou dix-sept ans, au fond, quelle importance…

« Si vous voulez, soupire-t-elle un peu déçue. L'essentiel est que vous compreniez la place de Jeanne dans cette histoire… Elle a aussi posé pour Picasso ! » Pourquoi devrais-je lui faire confiance ? Quel intérêt aurait-elle à m'aider ? Suzanne hésite un peu, puis en souriant, conclut : « Jeanne était une amie… Et vous devriez vous intéresser à la suite Vollard. »

13

Trois sœurs

La suite Vollard se compose de cent gravures, réalisées par Picasso pour son marchand, Ambroise Vollard. Selon les versions, il les aurait échangées contre un Renoir et un Cézanne, ou bien quelques-unes de ses propres œuvres plus anciennes*.

Aucun texte, aucune légende, n'accompagne la série d'estampes. Le peintre s'est contenté de les dater, en chiffres romains comme il en a

* La série a été imprimée en trois cents exemplaires. Mais comme Vollard est décédé en 39, il n'a eu le temps ni de réunir les estampes en un livre d'art, ni même d'en vendre une seule. Après la guerre, le stock complet des gravures de Picasso et d'autres artistes a été racheté par un ami de Vollard, Henri Petiet : ce trésor permet à ses nombreux héritiers d'en vivre encore aujourd'hui confortablement en écoulant de temps en temps une gravure ou, plus rarement, une suite Vollard complète pour cinq à six millions d'euros.

l'habitude. Les premières sont gravées en 1930. La production s'intensifie en 1933, s'interrompt en 1935, reprend et se termine en 1937.

Aucune cohérence globale, aucune narration particulière... La suite semble suivre le fil de sa vie quotidienne, ses obsessions et ses inspirations, liées à la mythologie ou à Rembrandt. C'est un journal intime visuel, dont il faudrait savoir décoder les scènes : un Minotaure aveugle guidé par une fillette blonde, le peintre et son modèle, l'atelier du sculpteur, le viol... Marie-Thérèse est tantôt représentée allongée dans les bras d'un artiste barbu, tantôt violemment possédée par un Minotaure déchaîné, les bras et les jambes écartelés, telle une poupée désarticulée. Mais, en 1933 et 1934, deux autres femmes entrent en scène. Selon Suzanne, ce sont les deux sœurs de Marie-Thérèse, et le plus souvent Jeanne. Sur l'une des planches, elles sont même quatre : la mère, Émilie-Marguerite, et ses trois filles.

La jeune ophtalmologue racontait qu'après sa consultation du matin à l'hôpital, elle rejoignait le peintre et Marie-Thérèse, rue La Boétie. Elle évoquait aussi des séjours au château de Boisgeloup.

En l'absence d'indications du peintre, certains commissaires d'exposition ont pris quelques libertés et attribué aux estampes des titres qui confirment les souvenirs de Suzanne : « Deux personnages », « Marie-Thérèse et sa sœur lisant », « Trois femmes nues près d'une fenêtre », ou « Trois femmes ». Commentant « Confidences » (une autre étude de 1934), John Richardson lui-même précise que le collage « représente Marie-Thérèse et sa sœur Jeanne[52] ».

J'ai appris avec Suzanne à identifier chacune des sœurs : l'aînée, Geneviève, a les cheveux plus courts et bruns. Marie-Thérèse et Jeanne se ressemblent davantage, blondes, avec le même nez assez fort. Mais la cadette se reconnaît à son cou plus élancé.

Elles figurent aussi sur certains tableaux peints au château. Souvent, elles sont nues ou dévoilent au moins leur poitrine. Trois sœurs dénudées devant l'amant de la plus jeune... Chez les Walter, on a l'esprit large. Je les imagine flattées ou amusées, de poser elles aussi pour le plus grand peintre du siècle. « Toutes les fois que Picasso peint un nu féminin, il entretient avec lui des relations en quelque sorte érotiques, le corps qu'il peint, il le possède aussi sensuellement », écrivait Christian Zervos, éditeur et auteur du catalogue raisonné. Mais sensuellement n'est pas sexuellement.

J'ai retrouvé Sylvette David, qui fut l'un des modèles de Picasso à Vallauris en 1954. La fameuse jeune fille à la queue de cheval, qui ressemblait à Brigitte Bardot, a aujourd'hui près de quatre-vingt-dix ans et elle vit dans le Devon, dans l'ouest de l'Angleterre. Sylvette m'a raconté comment se passaient les séances de pose avec Picasso. Son petit ami, Toby, l'accompagnait en mobylette, puis il s'éclipsait. Le peintre installait alors la jeune fille dans un rocking-chair, et il commençait à dessiner en silence. Il pouvait travailler trois heures d'affilée, presque sans un mot, en enchaînant les gitanes. Elle le décrit parfois extravagant, s'amusant à toréer en se cachant derrière une énorme tête de taureau en osier. Mais, avec elle, toujours « respectueux », « attentionné », « très convenable ». Elle le voyait comme un technicien, un ouvrier au travail, ou même un père.

Une fois, une fois seulement, il a proposé de faire une pause : il l'a entraînée dans sa chambre à l'étage de l'atelier, et il s'est mis à sauter sur le lit comme un enfant sur un trampoline. Mais comme elle ne semblait pas décidée à le rejoindre, il n'a pas insisté. Un autre jour, il a fait un portrait d'elle torse nu, sans pour autant l'avoir jamais vue dévêtue. Il s'en est mollement excusé, il a vérifié qu'elle n'était pas choquée et il a reconnu l'avoir seulement imaginée...

J'en déduis, peut-être naïvement, que les sœurs de Marie-Thérèse n'ont pas nécessairement posé nues pour Picasso. Suzanne a quelques doutes, mais il me semble probable aussi que ses relations avec Jeanne et Geneviève sont restées platoniques. Un climat érotique ambigu doit lui suffire à pimenter une relation qui s'essouffle avec Marie-Thérèse.

Geneviève et Jeanne sont deux jeunes et belles femmes médecins, récemment diplômées en ophtalmologie. Geneviève d'un tempérament discret, Jeanne plus extravertie. Il est évident que leurs diplômes et leurs connaissances intriguent ou impressionnent Picasso. Elles suscitent la curiosité de ce grand hypocondriaque, fasciné par l'œil depuis toujours. La cécité surtout l'obsède. Elles n'étaient pas nées qu'il peignait déjà des mendiants et des guitaristes aveugles. Inévitablement, il leur soumet ses réflexions et les bombarde de questions : « Qui voit la figure humaine correctement ? Le photographe, le miroir ou le peintre ? » « Rien n'est plus vicieux que la vue. » « Je ne peins pas ce que je vois, je peins ce que je pense. » « Est-ce la réalité qui crée la réalité ou l'idée abstraite de la réalité qui la provoque et la fait apparaître[53] ? »... Mais comment savoir ce que l'on voit, comment l'œil dialogue avec la pensée ? Il affirme aussi qu'il voudrait « peindre comme un aveugle qui ferait une fesse à tâtons[54] ».

À ces questions, Jeanne répond toujours la première, sérieusement, scientifiquement. Elle fait sûrement la maligne, flattée par sa curiosité.

J'imagine Marie-Thérèse, agacée de la voir fanfaronner, occuper tout l'espace, bavarde, cultivée, et maintenant « docteur ». Inversement, l'intérêt de ce grand peintre pour sa petite sœur échappe totalement à Jeanne. Elle doit y voir même une forme d'injustice. Et elle ne comprend pas ce qu'il peut lui trouver.

Pour comprendre, il faudrait savoir que « Picasso ne poursuit qu'un seul but, m'a expliqué le philosophe Paul Audi[55], créer sans cesser de créer. C'est une illusion de penser qu'il a besoin de communication intellectuelle avec une femme. Seule compte sa présence érotique, physique, quand elle est féconde pour son œuvre ».

Comme avec les estampes, Picasso a rarement donné de titre à ses tableaux. Il a pourtant intitulé *La Muse* une œuvre où Jeanne est penchée sur un livre, pendant que Marie-Thérèse somnole. Pourquoi « la » muse alors qu'elles sont deux ? Pourquoi surtout Marie-Thérèse n'a-t-elle jamais évoqué la présence de sa sœur ? Pas plus aux Galeries Lafayette qu'à Dinard, Boisgeloup ou rue La Boétie.

Pour en avoir le cœur net, j'ai réécouté l'interview accordée à France Culture. Elle ne cite Jeanne qu'une seule fois, au tout début de l'entretien, quand elle se justifie de ne pas connaître Picasso en 1927 : « Même mes sœurs, bachelières, étudiantes en médecine, je suis sûre de leur avoir demandé… Et quand j'ai été enceinte, à vingt-cinq ans, ma sœur Jeanne je ne sais même pas si elle savait le nom de Picasso… Elle m'a dit : t'es enceinte, tu diras à *ce monsieur* qu'il t'épouse l'année prochaine ! »

Au moment où Marie-Thérèse découvre qu'elle est enceinte, Jeanne connaît pourtant Picasso depuis au moins six ans. Gentille mais un peu menteuse, Marie-Thérèse…

14

Ça bataillait

1934. Le 13 juillet, Marie-Thérèse aura vingt-cinq ans.

Elle continue à ne vivre que pour et par Picasso. Mais elle ne s'en plaint pas. « Pauv' chou », elle le voit si tourmenté par les scènes que lui inflige Olga. Ou du moins ce qu'il en dit. « Ça bataillait toujours. Il me racontait ça... mais moi, que voulez-vous que je dise. »

Olga était-elle aussi folle que l'affirment Picasso, ses amis, ses biographes ? « Je ne sais pas si elle était folle, mais leur relation l'était », observe la psychanalyste Caroline Eliacheff[56].

Olga fait la guerre, Marie-Thérèse se plaît à incarner la paix et le repos du guerrier. Une sorte de geisha insouciante, souriante et joyeuse, qui veille à son bien-être, son apaisement, son plaisir, n'ayant apparemment d'autre ambition que de le rendre heureux.

Ou une jolie princesse d'un conte de fées lubrique, soumise aux fantasmes de son peintre charmant. Seuls le désir et l'inspiration qu'elle suscite donnent du sens et du sel à son existence. Elle vit dans une bulle, hors du monde, hors du temps, hors de toute raison. Adolescente, elle s'est laissé envoûter, absorber, dompter. Huit ans plus tard, elle n'a pas vraiment grandi. Son petit-fils Olivier parle même d'un huis clos où elle « s'enferme de peur qu'il ne s'évanouisse[57] ». Quand il s'absente, il insiste toujours pour qu'elle écrive tous les jours. C'est bien une preuve d'amour, non ?

Picasso a loué pour elle un nouvel appartement, plus vaste que celui de la rue de Liège. Et plus près de chez lui encore. Elle a tout le confort moderne, une chambre à coucher, un buffet dans la salle à manger, une vraie salle de bains. Elle y passe sa vie à l'attendre, sans amis, ni autres relations que sa mère et ses sœurs. En son absence, elle fait sa gym, elle va nager, ramer, pédaler. Quand il est là, elle boit ses paroles, se berce de ses promesses, et jure qu'elle ne voudrait pas d'une autre vie que la sienne.

Faut-il la croire quand elle prétend qu'elle ne pense pas au mariage, ni ne le pousse à divorcer. Marie-Thérèse se fiche du titre de Madame

Picasso comme de tous ces tableaux qui la représentent. Mais elle doit rêver nuit et jour d'une belle histoire simple : vivre avec lui au grand jour, dans une jolie maison, avec un atelier pour qu'il puisse travailler, un chien et des enfants qui jouent dans le jardin. Une vraie famille, comme elle ne l'a jamais connue. Mais pas si bête, elle n'en parle pas.

En décembre, elle découvre qu'elle est enceinte. Sa sœur Jeanne, qui le lui annonce, a dû faire procéder à des analyses dans son hôpital. Mais comment le dire à Picasso ? Ses réactions sont parfois imprévisibles. Elle fond en larmes et attend plusieurs jours. Puis le soir de Noël, elle finit par lâcher son grand secret. Contre toute attente, le peintre est fou de joie. Elle se souvient qu'il se met à pleurer et se jette à ses pieds en jurant de divorcer dès le lendemain matin.

Aucun doute, il est sincèrement heureux. Donner la vie sera toujours pour lui l'ultime création. Mais cette joie est paradoxale. Il va très vite se sentir piégé, se découvrir lié à cette femme jusqu'à la fin de ses jours, plus que s'il ne l'avait épousée. Et quoi qu'il en dise, il n'a pas vraiment l'intention de l'épouser.

Picasso s'inquiète aussi du choc que la nouvelle produira sur Olga. Et il a bien raison de s'inquiéter. Tristan Tzara se souvient d'un esclandre au jardin des Tuileries. Olga, qui vient d'apprendre la grossesse de Marie-Thérèse, s'est juchée sur un banc et se met à hurler, en russe et en français, pour dénoncer les turpitudes de son époux le grand peintre. Un policier tente de la calmer, elle l'aurait tabassé avec son parapluie. Quand Picasso arrive, il se fait insulter, et Tzara, qui l'accompagne, traiter de « maquereau des Balkans[58] ».

Aurait-il pu inventer ou caricaturer une histoire pareille ? Autour de Picasso, les amis se sont ligués contre Olga pour la décrire comme une mégère. J'ai rencontré François Buot, l'un des biographes de Tzara[59]. Selon lui, le poète, droit dans ses engagements et fidèle en amitié, n'était pas du genre à mentir, ni à se vanter. Pudique et secret, sous des dehors fantasques, il n'a jamais confié à personne d'autre qu'à MacGregor-Hastie des souvenirs aussi intimes. Ce journaliste anglais était devenu son ami, Tzara devait se sentir en confiance, et dans ses dernières années vivre dans la nostalgie de sa complicité avec Picasso. L'avocat du peintre ne dit pas autre chose en motivant la demande de divorce : « Elle passe sa vie à jeter des vases à la tête de son mari et ne rate pas une occasion de l'embarrasser en public[60]. »

Selon Tzara, c'est après le scandale des Tuileries que Picasso se résout à entamer la procédure de divorce. Sur ses conseils, il contacte un avocat de Barcelone. Tout en craignant que cette séparation ne lui coûte une fortune. Sans contrat de mariage, il faudrait tout partager, et surtout les œuvres. Ira-t-il jusque-là ?

En attendant, la guerre est déclarée, et touche même à son paroxysme. Les époux Picasso ne communiquent plus que par avocats interposés. Un huissier a dressé l'inventaire des tableaux et, suprême agression, Olga, installée à l'hôtel avec son fils, a osé faire poser des scellés sur la porte de l'atelier, rue La Boétie. « La pire période de ma vie[61] », dira Picasso. Marie-Thérèse doit se sentir démunie. Même le temps s'y met. Une vague de froid terrible s'abat sur le nord de la France. Il a neigé à Paris un 18 mai et il est tombé vingt centimètres à Boisgeloup. De toute façon, Picasso n'a plus le droit d'y mettre les pieds : dans le partage qui s'organise, le château est attribué à Olga. Et comme Marie-Thérèse ne peut pas voyager « dans son état », même la Côte d'Azur leur est interdite.

Ils vont donc passer l'été 35 confinés à Paris. Après le froid, la canicule. Les températures du mois de juin sont tropicales : fortes chaleurs et gros orages. Marie-Thérèse se souvient de promenades dans le parc de Saint-Cloud, de Versailles ou le parc Montsouris. Sans entrer dans les détails, elle se reproche de ne pas avoir été « très amusante cet été-là… De plus en plus enceinte, de plus en plus pleurante ». Souvent, elle se réfugie à Maisons-Alfort chez sa mère, pour chercher la fraîcheur et le calme en bord de Marne. Il arrive que Picasso l'accompagne. Mais il ne met plus les pieds dans l'atelier, au fond du jardin. Angoissé à la fois par le divorce et la grossesse de sa jeune maîtresse, il n'arrive plus à peindre ! Son dernier tableau remonte à février : *Intérieur avec une jeune fille qui dessine*. Marie-Thérèse y figure évidemment, plus endormie que jamais, mais celle qui dessine, c'est encore Jeanne.

15

Naissance

5 septembre 1935, Marie-Thérèse accouche à la clinique du Belvédère de Boulogne-Billancourt : la maternité la plus chic de la région parisienne. Picasso, fou d'angoisse, a exigé de l'obstétricien qu'elle bénéficie d'une anesthésie générale pour ne pas la voir souffrir. La technique est encore expérimentale mais le médecin a cédé devant l'insistance du grand peintre. Résultat, l'enfant naît comme assommée, incapable de pousser un cri. Le père en est d'autant plus bouleversé qu'il a été lui aussi un bébé mort-né, ressuscité in extremis par la fumée d'un cigare. La légende de la naissance de Maya prétend que Picasso, profitant d'un instant où l'accoucheur a le dos tourné, empoigne le bébé et commence à le masser[62]. Entre ses mains,

la fillette reprend vie et finit par crier ! On ne saura jamais si c'est un miracle, si le génie a même le talent de redonner la vie, ou si plus prosaïquement l'effet de l'anesthésie s'estompait naturellement. Mais une naissance pareille vous crée des liens pour la vie.

L'enfant est baptisée Maria de la Concepción, en souvenir de la plus jeune sœur de Picasso, décédée de la diphtérie quand il avait onze ans. Mais quand elle commence à babiller, Maria prononce *Maïa*. Alors pour toujours elle sera Maya.

Officiellement elle n'a pas de père. Picasso étant toujours marié avec Olga, la loi lui interdit en effet de la reconnaître*. Mais il semble très présent, très attentionné.

En sortant de la clinique, Marie-Thérèse réintègre l'appartement où il l'avait installée durant sa grossesse, au 44, rue La Boétie. Picasso est aux petits soins. Il fait la cuisine, la lessive, et s'occupe du bébé. Maladivement inquiet, il exige même que sa compagne, un peu enrhumée, allaite avec un mouchoir noué devant la bouche. Puis dans l'après-midi, il retourne peindre et dormir chez lui, à deux minutes à pied.

---

* Maya ne portera le nom de Picasso qu'après le décès du peintre et une longue procédure.

Cette naissance provoque en lui un regain de passion pour la jeune mère : « fleur plus douce que le miel tu es mon feu de joie[63] », écrit-il. Exactement comme avec Olga, après la naissance de Paulo. Il est fou de ce bébé comme il l'était de son fils, quatorze ans plus tôt. Maya compense l'absence de cet adolescent qui désormais vit avec Olga. Ou alors elle le remplace…

Il a toujours eu un lien magique avec les enfants.

Anthony Penrose, fils de la photographe Lee Miller et du surréaliste Roland Penrose, se souvient qu'à quatre ou cinq ans il jouait avec Picasso, comme avec un gamin de son âge. Un jour, tout excité, il a même mordu le peintre. « Picasso s'est retourné et il m'a mordu à son tour en criant : “Ça alors, c'est bien la première fois que je mords un Anglais !” » Il se souvient aussi qu'ils passaient des heures à farfouiller ensemble dans les toiles d'araignées, à rire et chuchoter, en ayant l'air de se comprendre parfaitement. Alors que le peintre ne parlait pas un mot d'anglais[64] !

Père pour la deuxième fois, il s'émerveille chaque jour des progrès de Maya. Plus elle grandit, plus il l'aime.

16

Perpétuellement inquiète

« Quand Maya est née, vous avez été heureuse ? » demande Pierre Cabanne. « Non, je me rendais bien compte qu'il y avait un drame. Il s'arrangeait... Je ne vais pas vous raconter... Enfin... Allons, allons... » La voilà subitement totalement sincère. Elle cherche un peu ses mots, mais n'essaie plus d'enjoliver sa vie avec Picasso... La voix est plus grave, moins enfantine. « Heureuse, mais inquiète ? » relance Pierre Cabanne qui perçoit qu'elle est sur le point de lâcher prise... « Oui, perpétuellement inquiète, soupire Marie-Thérèse. Depuis toujours je l'étais, même si j'étais heureuse, je savais bien qu'il y avait quelque chose qui ne tournait pas rond. »

Rien ne tourne vraiment rond. Il est plus distant, moins tendre. Entre eux, le sexe est toujours le meilleur des baromètres. La grossesse n'a rien dû arranger. Mais elle n'est pas seule en cause.

Alors qu'il est officiellement séparé d'Olga, Picasso maintient Marie-Thérèse dans la clandestinité. Elle connaît toujours aussi peu ses amis, en dehors de Tristan Tzara. Elle a croisé quelques fois Nush et Paul Éluard, mais ils la regardent un peu comme si elle était la boniche. Jamais Picasso ne lui propose de l'accompagner dans les réceptions, les vernissages, pas même au restaurant ou pour un café au Flore. Il dit qu'il la protège, car ces gens sont impitoyables. Elle n'est pas totalement dupe, en revanche elle le croit sur parole quand il continue à jurer qu'elle est « la plus belle chose qui lui est arrivée ».

Elle se doute que d'autres femmes lui tournent autour. Mais elle ignore qu'il a depuis quelques mois une liaison passionnée avec une très belle poétesse, Alice Paalen. Man Ray les a photographiés un soir de fiesta chez des amis. Marie-Thérèse heureusement n'a jamais vu cette photo.

Ils sont trois sur ce canapé, mais je mets quiconque au défi de s'intéresser à l'autre femme assise à la droite d'Alice. Comme Picasso, celui qui regarde cette photo n'a d'yeux que pour cette brune alanguie. D'un foulard elle s'est fait un bustier qui ne tient qu'à un nœud. On ne sait pas très bien si elle a trop bu ou trop dansé, Alice a l'air de s'être écroulée en riant dans ces coussins profonds. Un bras replié en arrière, elle se fiche d'exhiber une touffe de poils sous les aisselles. Lui n'a pas dansé. Il déteste se trémousser en public. Il s'est assis à côté d'elle, sans se vautrer, plus calme, plus figé, comme un félin immobile avant d'attaquer sa proie. Ils se fixent et se sourient, comme bientôt deux amants. Le sourire d'Alice Paalen est sans équivoque, large, abandonné, déjà dans la jouissance. Celui de Picasso à la fois plus salace et plus contrôlé : il veut lui signifier qu'ils feront ce qu'il voudra, quand il l'aura décidé. Ils se regardent sans même se toucher mais avec une telle intensité qu'on pourrait croire que, dans la seconde, il va se lever et l'embarquer. Il la regarde comme plus jamais il ne doit regarder Marie-Thérèse.

Leur aventure tourne court quand le mari d'Alice Paalen, fou de jalousie, menace de se suicider. Mais la suivante est déjà sur les rangs. Aux Deux Magots, Éluard a présenté à Picasso une jeune et belle photographe. Ils se sont revus un dimanche à Boisgeloup. Elle le fascine et le trouble. Elle se fait appeler Dora Maar.

17

Suzanne 2

« Où en êtes-vous ? » me demande Suzanne. À intervalles réguliers elle m'appelle ou m'envoie un mail, pour vérifier que je n'ai pas lâché l'affaire. Et je lui réponds toujours que j'avance. Sur une route, je donnerais mon kilométrage. Dans le dédale d'une vie, j'indique la borne la plus proche : la naissance de Maya, la rencontre avec Dora... Elle a l'air de trouver que je ne progresse pas très vite. Telle une élève prise en flagrant délit d'école buissonnière, je fais un peu mousser mes dernières trouvailles : j'ai découvert, lui dis-je, que Maya n'a été officiellement reconnue par sa mère qu'à l'âge de quatorze ans. « Oui, cette mention figure sur l'acte de naissance, me répond Suzanne... À l'époque c'est fréquent dans les cas de mères célibataires. Mais je parie que vous ne savez pas que Jeanne et Marie-Thérèse se sont fâchées après l'accouchement ! » Cette histoire-là ne figure pas en effet sur les registres d'état civil…

Selon Suzanne, la scène s'est déroulée à la clinique. Au chevet de la jeune accouchée : sa mère, Émilie-Marguerite, ses deux sœurs, et Picasso. La tribu Walter aurait toutes les raisons de se réjouir devant le nouveau-né qui se porte bien après la naissance difficile. Mais l'ambiance est glaciale. Et, dès que Picasso a le dos tourné, Émilie-Marguerite laisse exploser sa colère après Jeanne : « Arrête de vouloir les séparer, maintenant tu vas les laisser tranquilles ! » « Les séparer », « les laisser tranquilles »… Dans quel jeu s'est laissé entraîner Jeanne pour provoquer une telle colère ?

« Je ne sais pas, c'est vous l'écrivain, pas moi ! Vous n'avez qu'à imaginer… » Je ne veux rien imaginer du tout, Suzanne ! Ni Jeanne ni Picasso ne sont des personnages de fiction. Je ne vais pas m'amuser à leur inventer une liaison ! Suzanne cherche ses mots, un peu gênée… « J'ai toujours pensé qu'il s'était passé quelque chose, mais sans savoir quoi exactement. Et si vous l'aviez connue, je vous jure que vous n'auriez pas non plus osé lui poser cette question aussi directement… C'était quelqu'un, Jeanne ! » Parlez-moi d'elle… « Nous nous sommes connues aux Beaux-Arts. Ça, vous pouvez l'écrire… Elle devait avoir autour de soixante-cinq ans, et elle réalisait enfin son rêve : apprendre à peindre, dessiner, étudier l'histoire de l'art, découvrir la céramique. Parmi les élèves, qui auraient largement pu être ses enfants, elle était la plus audacieuse, la plus charismatique. Un culot dingue. Une immense liberté. Elle pouvait très bien vous dire un matin : "Mon Dieu comme tu sens mauvais." Elle était sans filtre. Je la revois dans sa décapotable, avec son chignon impeccable, habillée de couleurs vives et souvent de mauve. » J'observe que le mauve était aussi la couleur préférée de Marie-Thérèse. Mais Suzanne, imperturbable, poursuit l'évocation de son amie comme si elle n'avait rien entendu. « Elle parlait très souvent de Picasso. Elle connaissait parfaitement son œuvre. Surtout la céramique. Pour moi, il ne fait aucun doute qu'elle l'a aimé, plus qu'on aime un artiste, et jusqu'à la fin de sa vie… »

Comme l'exige sa mère, Jeanne accepte néanmoins de s'effacer et de les laisser tranquilles. Sans conviction, sans passion, elle se fiance avec le premier soupirant qui passe : Gabriel, un jeune et brillant médecin qui devait la courtiser depuis quelques mois. Lui ou un autre, quelle importance ? Ils se marient six mois seulement après la naissance de Maya, et donc la dispute. Geneviève, la sœur aînée, sera son seul témoin. Ni Marie-Thérèse ni sa mère n'assistent à la noce. Émilie-Marguerite a choisi son camp.

18

Il s'ennuyait

Dans ses mémoires, Sabartès[65] raconte que le 25 mars 1936 il accompagne Picasso à la gare de Lyon. Par discrétion, il se garde bien de préciser que Marie-Thérèse et Maya sont aussi du voyage.

Sabartès est à la fois l'ami le plus fidèle du peintre, son secrétaire, son intendant, son confident, son homme de compagnie et son colocataire. Ils se sont connus à Barcelone quand ils n'avaient que dix-huit ans. Un peu poète, un peu sculpteur, un peu journaliste. Touche-à-tout subtil, mais sans génie. Quand Picasso reprend contact avec lui, en 1935, il rentre du Guatemala où il aurait dirigé un journal, mais il n'a encore aucun projet précis. Ça tombe bien, submergé par ses soucis liés au divorce et la naissance de Maya, Picasso le supplie de venir l'aider à Paris. Alors, le 12 novembre 1935, Sabartès débarque de Barcelone et s'installe rue La Boétie.

Les deux amis vivent comme un couple de vieux garçons. Tous les matins Sabartès réveille le peintre avec un petit-déjeuner au lit, son courrier, ses journaux. Toute la journée, il gère son intendance et sa correspondance, il trie les catalogues de ventes et les invitations, répond au téléphone, filtre les visites, déchiffre et tape à la machine les poèmes sans ponctuation que Picasso rédige en français ou en espagnol sur tous les papiers qui traînent. Mais il est toujours prêt à s'interrompre dès que le peintre émet le désir de sortir ou discuter, jusque très tard dans la nuit. Ils partagent les repas, les secrets et les codes et se comprennent à demi-mot. « Nous sommes l'image parfaite de la solitude à deux », confiait-il à Brassaï. En silence, il supporte les absences, les humeurs et l'ingratitude, se flattant même de jouer les souffre-douleurs, comme une ultime façon de se rendre indispensable. « Entré au service de Picasso comme on entre dans les ordres[66] », résume Brigitte Leal. Mais sa discrétion de moine se double d'une misogynie féroce : dans son livre de souvenirs[67], pas une seule fois il ne cite le nom des femmes qui fréquentent son seigneur et maître. Il n'évoque même pas la sienne, qui partageait pourtant sa chambre.

Brassaï lui a d'ailleurs demandé pourquoi les femmes de Picasso n'existent pas dans ses mémoires : « Vous êtes mieux placé que personne pour parler d'elles... » « Trop bien placé... lui a répondu Sabartès... J'ai la bouche cousue. Pour moi ce sujet est tabou (...) Je constate seulement les bienheureux effets de ses passions sur sa peinture, qui suit toujours la courbe de ses amours... Mais est-il nécessaire de parler des femmes ? D'égrener le chapelet de celles qui ont compté dans sa vie ? Je ne le pense pas. Les femmes passent... L'œuvre reste... »

S'il avait écrit ce qu'il pensait, il aurait laissé des pages terribles sur Dora Maar, plus indulgentes sur Marie-Thérèse, qui a selon lui au moins la légitimité d'être mère, l'humilité de rester à sa place.

Au printemps 1936, le confident observe que Picasso se plaint encore plus que d'habitude. L'exposition à la galerie Rosenberg est un tel succès qu'il est assailli à longueur de journée : « Qu'on me laisse tranquille !... Est-ce que je les ennuie, moi, en leur demandant des conseils ? »

De jour en jour, son exaspération grandit. Le 25 mars, après avoir dîné, Marie-Thérèse est seule comme tous les soirs, chez elle avec son bébé. Elle imagine que Picasso travaille, ou sort avec des amis, quand le voilà qui débarque tout agité. Il dit qu'il faut partir immédiatement et dans le plus grand secret. Seuls Sabartès et Marcel, son chauffeur, sont dans la confidence. Et ils sont déjà en bas, dans l'Hispano-Suiza, prêts à filer à la gare.

Alors Marie-Thérèse fait ses valises à toute allure. Elle aurait bien aimé prévenir sa mère. Mais il dit qu'elle écrira de là-bas. Avec lui, elle irait au bout du monde. Il parle de s'échapper au moins trois mois. C'est la première fois qu'il lui propose de vivre ensemble si longtemps.

En arrivant à Juan-les-Pins, il trouve une location, rue du Docteur-Hochet : la villa Sainte-Geneviève. « Une petite maison avec un jardinet ravissant et proche de la mer[68] », écrit-il à Sabartès. Elle est assez grande pour qu'il puisse travailler sans être dérangé, ni par Marie-Thérèse ni par le bébé. Et elle est bien planquée au bout d'une rue tranquille pour que personne ne puisse les observer. C'est exactement ce qu'il souhaitait.

Et pourtant, très vite, il étouffe, dans ce huis clos presque conjugal. Il arrive à peindre ou dessiner un peu, mais Marie-Thérèse l'exaspère par des attitudes innocentes et simplettes qui autrefois le réjouissaient. S'il la représente endormie ou avec Maya dans les bras, il exprime toujours une grande tendresse pour elle. Mais d'autres œuvres de ce printemps trahissent la tristesse du modèle. La *Dormeuse aux persiennes* du 25 avril donne le sentiment qu'elle pleure les yeux clos.

Lorsqu'il la dessine en train de lire un journal, elle est une élève besogneuse qui pose son doigt sur les mots pour les déchiffrer. Et, pour la première fois, le 9 avril, il fait d'elle une matrone assez vulgaire, avec de grosses fesses qui débordent de sa chaise. On est loin du *Rêve* de 1932…

Mais plus que peindre, il écrit. Il déverse des torrents de sensations et d'états d'âme, en français ou en espagnol, dans une poésie automatique, surréaliste et hermétique. Des mots comme des couleurs jetés sur le papier. Il écrit aussi à ses amis, surtout à Sabartès, qui s'alarme d'une telle agitation épistolaire. Toujours le signe qu'il va mal. Le 23 avril notamment, Picasso lui annonce : « À partir de ce soir j'abandonne la peinture, la sculpture, la gravure et la poésie pour me consacrer entièrement au chant. » « Les ironies et les plaisanteries en catalan cachent ses inquiétudes[69] », note assez justement Sabartès.

Quand il vivait avec Olga, son ami anglais Roland Penrose avait observé au sujet de la vie de couple « l'horreur instinctive qu'avait Picasso d'être pris dans un piège[70] ». Aux mêmes causes, les mêmes effets, cette fois c'est avec Marie-Thérèse qu'il se sent piégé ! La clandestinité était excitante, la routine devient oppressante. « Ce n'est pas trop de toute la mer pour noyer tant d'amertume », commente encore Sabartès devant les tableaux que le peintre rapportera de Juan-les-Pins.

Marie-Thérèse n'a pas eu besoin d'un dessin : elle a bien remarqué que ses sentiments pour elle ont changé au cours de ce séjour en famille. « Vous voyez, il s'ennuyait[71] », reconnaît-elle tristement en montrant, bien des années plus tard, quelques photos de la villa Sainte-Geneviève.

Espérant toujours qu'il suffit d'être patiente, elle fait des efforts désespérés pour lui être agréable. Elle évite de le harceler avec des questions ou des récriminations. Sagement, elle s'efface dans son coin, pour s'occuper de Maya qui a déjà sept mois. Au point que le banquier de Picasso, seul visiteur autorisé, la prend pour la femme du jardinier.

Quand Maya dort, Marie-Thérèse en profite pour faire du sport, des courses ou se plonger pour oublier dans des feuilletons à l'eau de rose. « J'ai toujours pleuré avec Picasso », disait-elle... Sans doute, le soir et en silence, seule dans son lit.

Picasso, lui, se couche après avoir travaillé une grande partie de la nuit et se lève tard. Il joue avec Maya, puis lit son courrier, son journal. C'est ainsi, le 27 avril 1936, qu'il apprend que le Front populaire est bien parti pour remporter le second tour des législatives. Mais ce n'est pas avec Marie-Thérèse qu'il va pouvoir en parler... Éluard a sûrement raison : il aurait besoin d'une femme plus cultivée, plus engagée, à ses côtés. Entre les lignes des lettres qu'il reçoit, Sabartès comprend que « le peu d'enthousiasme qu'il emporta touche à sa fin ». Le jour même, Picasso écrit à Dora Maar[72]. Puis il annonce avoir reçu un courrier de son avocat qui lui recommande de ne surtout pas vivre avec sa maîtresse pendant la procédure de divorce.

« Alors, moi, gentille, dit Marie-Thérèse, un amour que j'étais, je suis allée à Cannes, en taxi, acheter deux malles en osier, entre deux tétées. Et il a empilé toutes ses toiles, son travail, dedans. » « Gentille », pour elle, c'est toujours mieux que soumise, mais plus les années passent et plus les deux se confondent.

Je n'ai pas retrouvé cette lettre de l'avocat dans les archives. Mais qu'elle ait existé ou pas, elle est l'excuse idéale pour rentrer à Paris.

19

L'attendre

Elle ne sait pas grand-chose, mais elle a presque tout compris. Picasso a choisi de passer l'été 36 avec sa nouvelle bande d'amis artistes, à Mougins. Entre eux, ils s'appellent « la famille heureuse ». Elle, serait plutôt « la famille malheureuse ». Elle connaît encore peu ces gens, mais elle s'en méfie toujours : Éluard et sa pimbêche, maigre comme un coucou, Penrose si méprisant, Man Ray indifférent, Breton intimidant.

Picasso continue à exiger des lettres quotidiennes, même s'il ne répond que rarement, ou d'une simple carte postale couverte d'arabesques pour mieux l'emberlificoter. Fin août, enfin, une vraie lettre d'amour : « Je te vois devant moi mon beau paysage MT et ne me lasse pas de te regarder étendue sur le sable sur le dos ma chérie MT je t'aime MT mon soleil levant dévorant Tu es toujours sur moi MT madre de perfumes étincelantes piquée des jasmins des étoiles Je t'aime plus que la saveur de ta bouche plus que ton regard plus que tes mains plus que ton corps entier plus et plus et plus et plus que tout pourra jamais aimer amour tout mon amour pour toi et je signe Picasso[73] »

Cette écriture automatique et ces mots qui s'enfilent, sans la moindre ponctuation, lui évitent sûrement de penser, et même de se relire. Il a dû l'écrire d'un jet, un jour où Marie-Thérèse lui manquait ou menaçait de débarquer. « Les serments d'amour sont pour Pablo de la routine[74] », écrit Pierre Cabanne.

Cette lettre, elle l'a lue et relue, caressée, embrassée... Et, comme toujours, elle a répondu, gentiment, soulagée de reprendre espoir. Une amie aurait pu la confronter à l'absurdité de cette vie où elle s'enferme, sa crédulité. Mais elle n'a personne à qui se confier. Toujours fâchée avec sa sœur Jeanne. Seule avec Maya et sa mère, qui l'encourage à la patience, convaincue que des hommes aussi généreux ne courent pas les rues.

Attendre oui, mais attendre quoi ? De retour à Paris, il est toujours fuyant, insaisissable. Officiellement occupé par son travail et ses obligations, il ne passe plus qu'en coup de vent rue La Boétie. À peine le temps d'enlever son chapeau. Il joue un peu avec Maya puis file en prétextant qu'il est en retard, qu'il a du travail ou mal au dos.

Ce qu'elle a pu l'attendre... « Je voyais qu'il sortait un peu... nous nous comprenons... » Il peut bien essayer de l'embobiner, trouver mille excuses à ses absences, lui répéter qu'elle est l'amour de sa vie, cette brune est trahie par les toiles. « Il m'avait dit “je ne dessine que ce que j'aime”, alors quand je ne me voyais plus, je me disais : oh, ça va mal... »

Les premiers soupçons ont dû être expédiés d'un sourire, une caresse ou un silence. Pas si bête, elle insiste et se plaint d'être délaissée. De jour en jour, la gentille devient la maussade. « Si vous saviez comme Marie-Thérèse a souffert quand j'ai commencé les portraits de Dora Maar », racontait Picasso à Françoise Gilot, la suivante. Parfois elle disparaît chez sa mère, où il court penaud la chercher, en la suppliant de lui pardonner. Et bien sûr elle pardonne !

Au lieu de lui en vouloir, elle se reproche d'être désagréable ou trop irascible : « La vie parisienne me rendait enragée. Plus de jardin, plus rien, triste. » Elle a bon dos, la vie parisienne... Marie-Thérèse a au moins compris que pour se sauver elle doit se mettre au vert : « J'ai pensé que ce serait mieux que je sois à la campagne. » Le quitter, elle n'y songe même pas.

Picasso a la solution. Sachant qu'Olga lui interdit l'accès aux ateliers de Boisgeloup, son marchand et ami Ambroise Vollard met à sa disposition une maison au Tremblay-sur-Mauldre, à une quarantaine de kilomètres de Paris après Versailles. Ce sera mieux pour tout le monde.

20

Besoin de personne

Marie-Thérèse emménage au Tremblay à l'automne 1936. Maya vient d'avoir un an et ne marche pas encore. La maison d'Ambroise Vollard est une ferme cossue dans la Grande-Rue, achetée sur les conseils de Blaise Cendrars pour y loger le peintre Rouault, et finalement jamais habitée.

Je n'ai trouvé qu'une seule photo de cette bâtisse en pierre, dévorée par un magnifique rosier grimpant. D'autres clichés pris au Tremblay ont plutôt immortalisé les premiers pas de Maya dans la cour, ou de tendres câlins dans les bras de son père. Roland Penrose décrit une « belle grange pouvant servir d'atelier, avec une grande fenêtre donnant sur le jardin[75] ». Sabartès évoque un verger, un vieux puits, un pigeonnier.

La campagne est aussi belle qu'autour de Boisgeloup. Et la maison a l'avantage d'être vide, Marie-Thérèse peut y amener ses meubles, et s'y sentir chez elle. Une petite vie tranquille s'organise : la semaine seule avec Maya, souvent sa mère, Émilie-Marguerite, quelquefois sa sœur aînée Geneviève. Et du vendredi au dimanche, Picasso revient au bercail, tel un voyageur de commerce après ses tournées. Il s'est installé un atelier dans la grange où il peut travailler toute la journée sans être dérangé.

Plus Maya grandit, plus il passe de temps au Tremblay.

Plus Maya grandit, plus il est fou de cette enfant qui lui ressemble tant.

Plus Maya grandit, et plus c'est elle qu'il dessine.

Et Marie-Thérèse découvre que leur enfant aimante Picasso, bien mieux qu'une maîtresse. Plus du tout « enragée », elle a retrouvé sa bonne humeur, sa fraîcheur, sa candeur, alors que sa rivale à Paris perd peu à peu de sa superbe et devient la femme qui pleure.

Qu'importent les absences, elle raconte à ses proches, et finit par y croire aussi, l'histoire d'un papa merveilleux qui travaille beaucoup à Paris, les aime énormément et les rejoint dès qu'il peut. Ce qui, au fond, n'est pas totalement faux.

De sa vie parisienne, elle ignore à peu près tout. Mais moins elle en sait, mieux elle se porte. C'est à peine s'il a dû lui parler de son nouvel atelier, rue des Grands-Augustins. De *Guernica*, elle a surtout été impressionnée par la taille et qu'il ait réussi à finir en moins d'un mois, juste à temps pour le pavillon espagnol de l'Exposition universelle. Le départ de Sabartès aurait pu l'intéresser davantage. Mais il aurait fallu avouer que Dora Maar a réussi à écarter le tout-puissant secrétaire. Picasso se lamente parfois sur son divorce, annulé par Franco, ou la pension exorbitante qu'Olga vient d'obtenir. Mais globalement, il en dit le moins possible.

Au moment où il arrive, il demande toujours à Marie-Thérèse de le laisser seul un instant. Il a besoin d'une demi-heure de silence pour passer d'un monde à l'autre. Puis il se repose, auprès d'elle et Maya, sans devoir réfléchir, nourrir la conversation, répondre aux sollicitations, tenir son rang d'artiste majeur et désormais engagé.

« Qu'il soit célèbre, ça m'était égal, dit-elle. D'ailleurs j'étais plus célèbre que lui puisque c'était moi qui étais sur le tableau. » Peu importe à Picasso qu'elle soit indifférente à son succès, insensible à la peinture, capable de lui dire « Oh tu as encore peint ce matin[76] », comme elle s'étonnerait qu'un mari boulanger ait encore fait du pain. Elle a au moins compris qu'il travaille. « Il travaillait, travaillait, comme un ange. »

Elle se doute qu'il fréquente à Paris d'autres femmes, et notamment cette brune qu'elle ne peut plus voir en peinture. Mais loin des yeux, loin du cœur. « Je savais que rien ne s'arrangerait mais on était toujours tous les deux. Nous n'avions besoin de personne pour être heureux. » Ce n'est pas le cas de Picasso. Mais Marie-Thérèse n'a réellement besoin que de lui... Alors, elle se contente de ces fins de semaine paisibles et tendres. À l'abri dans cette maison, ce village, et ce monde qu'il a créé pour elle, elle se berce de l'illusion de rester l'unique, ou la préférée.

Partager sa vie et partager sa peinture, finalement elle s'y fait. Elle s'en arrange plus facilement que Dora, folle de jalousie depuis qu'elle a découvert que Picasso a recommencé à peindre Marie-Thérèse.

Une nuit, revenant d'une soirée chez Marie-Laure de Noailles, la belle photographe a demandé à son taxi de la conduire au Tremblay. Au lever du jour, elle s'est fait déposer en robe du soir devant la grille. Une scène de film... Il est si tôt, ils doivent encore dormir tous les trois. L'enfant dans son berceau. Picasso et Marie-Thérèse dans leur lit. Derrière les volets clos, elle les imagine enlacés. Puis, en larmes, elle reprend son taxi et rentre à Paris.

Marie-Thérèse prétend qu'elle n'aurait jamais osé épier ainsi Picasso. Elle aurait eu le sentiment d'enfreindre un interdit. Plus soumise, moins d'ego, plus de distance avec le réel, forcément ça protège. Le Tremblay lui offre l'illusion d'un nid d'amour. Picasso lui permet d'y jouir d'une vie confortable, avec à sa disposition un couple de gardiens et deux employées de maison. Par jeu, ou parce qu'il s'emmêle les pinceaux avec les prénoms des soubrettes, il les a rebaptisées Marie-Thérèse. Ce qui a pour inconvénient de les voir accourir toutes les trois quand on appelle Marie-Thérèse. Ça doit l'amuser.

Depuis qu'elle a son permis, elle a même une voiture ! Un joli cabriolet offert par Picasso. À l'été 38, il leur a payé aussi des vacances à Chamonix. Marie-Thérèse est ravie : elle adore le grand air, les randonnées en montagne, et, à trois ans, la petite commence à cavaler.

Il se confirme qu'il faut toujours vérifier les dates et les chiffres qu'elle assène avec tant d'aplomb qu'on la croit douée d'une mémoire prodigieuse. Dans l'entretien à France Culture, elle se trompe d'une année pour situer son arrivée au Tremblay. Et elle se vante de parcourir tous les jours « au moins cent bornes à vélo, plus de dix à la nage, et faire de l'aviron dès 4 heures du matin » ! Elle exagère évidemment, avec, à soixante-quatre ans, le toupet d'une gamine persuadée qu'on va gober ses bobards. Elle ment aussi parce qu'elle n'a jamais finalement excellé que sur ce terrain-là et en rajoute encore, espérant briller davantage.

Comment faire la part du mensonge ou de l'enjolivement des souvenirs, quand vous n'avez pour seule source directe que cette petite heure d'enregistrement ? Une phrase m'a déroutée dès la première écoute : « Content que je vous dise tout ça ? »

21

L'autre

Il a fallu la guerre pour rompre le charme discret du Tremblay, et le fragile équilibre que le maître a réussi à installer entre ses deux maîtresses.

Picasso n'a jamais caché à Dora Maar l'existence de Marie-Thérèse et Maya. Marie-Thérèse en revanche a dû se contenter d'accumuler les indices et d'affiner au fil des tableaux le portrait-robot d'une brune assez pulpeuse. Mais elles ne se sont jamais vues. Elles vont pour la première fois se croiser à Royan.

Picasso est d'abord venu seul en éclaireur avec son chauffeur au mois de mai 1939, à la recherche d'une maison pour les vacances de sa fille adorée. Il a des principes très arrêtés sur l'éducation des enfants[77]. Il considère que les premières années, ils doivent passer l'été au bord de la Manche où l'air est vivifiant et la chaleur raisonnable (en 1937, il l'a ainsi envoyée en Normandie). Quand ils grandissent, le sud de la côte atlantique leur permet de s'habituer à des températures élevées. Et plus tard, bien plus tard, la Méditerranée... Maya va bientôt avoir quatre ans, Royan paraît donc tout indiquée, pendant que lui se reposera sur la Côte d'Azur avec Dora.

Le décès accidentel d'Ambroise Vollard, son plus fidèle marchand, puis l'imminence de la guerre vont contrarier ses plans.

C'est à Antibes que la première mauvaise nouvelle l'a cueilli, dans un appartement que Man Ray lui a prêté. Le 22 juillet[78], un télégramme de Sabartès lui apprend qu'Ambroise Vollard a été tué dans un accident de la route, tragiquement assommé par un bronze de Maillol quand la voiture a fait un tonneau.

L'affliction sincère de Picasso se double d'une forme d'identification à la victime et de superstition : comme Vollard, il circule beaucoup en voiture, comme Vollard, son chauffeur s'appelle Marcel, comme Vollard, il se sent donc menacé de mourir d'un instant à l'autre... Alors, c'est en train qu'il remonte seul à Paris pour les obsèques, avant de redescendre quelques jours plus tard avec Sabartès pour assister à la corrida de Fréjus... En voiture, pour aller plus vite.

Comme en juillet, il continue à écrire à Marie-Thérèse qu'elle est tout pour lui, que jamais il ne pourra oublier son amour, qu'il ne vit que de son souvenir... Il évoque un peu son travail, mais jamais il ne parle de la guerre. Peut-être pour ne pas l'inquiéter

Le climat pourtant s'assombrit. Même parmi la joyeuse bande d'artistes qui fréquente encore la plage, et le soir les cafés d'Antibes. Même s'ils regardent partir en les méprisant les premiers affolés. L'ordre de mobilisation du concierge de l'immeuble où ils séjournent sonne le signal du départ, dans un train où les derniers estivants s'entassent.

Le 27 août 1939, Picasso est de retour à Paris. Et le 28 il adresse un télégramme à Marie-Thérèse : « Ne bougez pas de Royan sans avis de moi[79]. »

Ça tombe bien, l'idée de repartir ne semble pas l'avoir effleurée. À Royan, elle a tout loisir de nager, faire du vélo et de la gymnastique, participer aux fêtes votives. La villa Gerbier-de-Jonc est un petit paradis sans chichi, où elle se sent comme une princesse, entourée par sa cour : sa mère Émilie-Marguerite, sa sœur aînée Geneviève et une nounou engagée par Picasso pour s'occuper de Maya.

Elle a peut-être reçu un deuxième télégramme lui annonçant l'arrivée imminente de Picasso.

À moins qu'il n'ait préféré lui faire une surprise… Marie-Thérèse adore les surprises.

Il débarque le 2 septembre 1939, vingt-quatre heures exactement avant la déclaration de guerre, avec dans ses bagages Dora Maar, Sabartès, revenu en grâce, et son épouse, Kasbek son lévrier afghan et Marcel son chauffeur. Toute la troupe s'installe à l'hôtel du Tigre où Picasso a réservé trois chambres. Et pendant que Dora défait ses valises, innocemment, il annonce aller faire un tour dans le quartier.

Un tour, c'est beaucoup dire. Il en a pour trois minutes à pied, le long de l'avenue Albert-Ier jusqu'au numéro 102 où sont installées Marie-Thérèse et Maya. Sur place, j'ai même constaté que des fenêtres de l'hôtel du Tigre on aperçoit le balcon de leur maison. Quel homme infidèle peut avoir l'idée de loger ses deux maîtresses dans un tel mouchoir de poche ?

Étrangement, cette organisation acrobatique va tenir trois mois. De septembre à décembre, Picasso réussit l'exploit de mener cette double vie de quartier, sans qu'aucune des deux ne soupçonne la présence de l'autre. À Dora, il raconte qu'il a loué un atelier un peu plus loin dans la rue, où il s'enferme pour peindre tous les après-midi. À Marie-Thérèse, il explique qu'il dort à l'hôtel du coin pour être plus indépendant et travailler avec Sabartès. Et tout est vrai, c'est le secret des meilleurs menteurs : il a vraiment loué une chambre supplémentaire, à l'entresol de la villa, transformée en atelier, et il a réellement besoin de rester proche de Sabartès avec lequel il disparaît tous les matins pour de longues promenades et discussions en ville.

Gérard Dufaud, éditeur, amateur d'art et auteur, installé à Royan, a consacré un livre au séjour de Picasso dans sa ville, nourri et préfacé par Maya. Selon lui, selon elle, les deux femmes ne découvrent le pot aux roses que début décembre… Un vaudeville en trois actes :

Acte I : Comme souvent le matin, Marie-Thérèse passe devant l'hôtel en revenant du marché. Généralement c'est l'heure où Picasso traîne du côté du port avec Sabartès. Ils ont leurs habitudes chez un brocanteur, une salle des ventes, ou au café des Bains. Ce jour-là pourtant, elle l'aperçoit qui sort de sa voiture avec une très belle brune. Et Marie-Thérèse la reconnaît : c'est la fille des tableaux ! Mais Picasso est un génie ! Tel un acrobate, il retombe toujours sur ses pattes : il a le réflexe de foncer vers Marie-Thérèse en souriant comme s'il était très heureux de la voir et il l'embrasse amoureusement sous les yeux de Dora, qui à son tour vacille. Ni vu ni connu.

Acte II : Loin d'être dupe, Marie-Thérèse rentre chez elle comme assommée. Naïve, elle suppose que cette femme vient tout juste d'arriver. Jamais elle n'imagine qu'elle est là depuis trois mois... Le peintre et Dora remontent sans un mot dans leur chambre. Mais sitôt la porte refermée, elle laisse exploser sa colère. Tout l'hôtel du Tigre les aurait entendus se disputer violemment. Il l'aurait « giflée à tour de bras », « laissée pour inconsciente », écrit Pierre Cabanne[80].

Acte III : Dans l'après-midi, Marie-Thérèse descend voir Picasso dans son atelier. Elle a pris un peu d'assurance depuis sa vie au Tremblay. Sans craindre sa réaction, elle lui demande qui était cette femme devant l'hôtel. « Une réfugiée espagnole, il fallait bien l'aider », lui répond-il calmement.

À son tour, Marie-Thérèse fond en larmes. Elle est sûrement sidérée qu'il ait pu oser... « Oh, tu peux souffrir, pleurer, mais je suis encore plus malheureux que toi », se défend Picasso... « Comme si je pouvais supporter ces idioties-là », soupire la vieille dame quand elle s'en souvient. Et pourtant, elle les a si longtemps supportées, toutes ces idioties-là.

Mais sur les conseils de sa mère, elle endure en silence et choisit de se battre sans combattre : en épargnant à Picasso ses humeurs et ses souffrances. Elle a si peur de le perdre.

Et à la différence de Dora, Marie-Thérèse n'est pas seule, ici à Royan. Outre sa mère qui a sur elle une influence immense, elle a noué des relations d'amitié avec la femme de Sabartès et les propriétaires de la villa qui vivent au rez-de-chaussée. Toute une tribu l'entoure d'affection, bien au-delà de son petit cercle familial habituel. Même l'austère Sabartès, pourtant avare de sourires, est plus chaleureux avec elle qu'il ne l'est avec Dora.

Mais pour se battre, il faut identifier ses forces, ses faiblesses et celles de sa rivale. J'imagine Émilie-Marguerite à la manœuvre : une femme de tête, une stratège, sous des airs malléables. Et elle n'a pas eu besoin de lire les poèmes de Picasso pour deviner ce qu'il aime chez sa fille : « Ne faisant aucun cas ni des cris ni des pleurs mais toujours si câline et si douce aux lèvres ne prononçant un mot que pour le caresser[81]. » Tu as compris, il t'aime câline, douce, caressante. Il t'aime aussi pour Maya. Ce sera ton plan de bataille.

Devant Picasso, Marie-Thérèse ravale ses larmes et sa fierté, elle se drape dans sa douceur, s'arme de gentillesse, et laisse la femme qui pleure s'empoisonner dans l'aigreur et le ressentiment. Pas si sotte, Marie-Thérèse !

Pour désamorcer la crise, Picasso ne voit qu'une solution : s'échapper quelques jours à

Paris, en embarquant Dora Maar. Il doit avoir le sentiment de se poser en arbitre, séparer deux femmes qui se crêpent le chignon, oubliant qu'il est seul responsable de cette situation infernale. Grand seigneur, il espère aussi qu'une petite escapade permettra à Dora de s'aérer un peu. Il s'inquiète moins pour Marie-Thérèse qu'il croit pouvoir embobiner de quelques « je n'aime que toi ».

C'est son troisième aller-retour à Paris depuis qu'il s'est réfugié à Royan. Un premier saut de puce lui a permis de régler des formalités administratives liées à son statut d'étranger. Mais il a régulièrement besoin de s'approvisionner en toiles, papier, peinture, et même chevalet qu'il ne trouve pas à Royan. Et il devient de plus en plus urgent de vider les ateliers de Boisgeloup, du Tremblay et de La Boétie, rassembler ses œuvres aux Grands-Augustins ou dans des coffres à la banque. Dora Maar espère en profiter pour voir ses parents, des amis, respirer un peu, hors de ce huis clos toxique.

La bonne nouvelle pour elle est l'arrivée prochaine à Royan de sa meilleure amie, Jacqueline Lamba, l'épouse d'André Breton. Jacqueline connaît bien la station charentaise pour y avoir séjourné quand elle était enfant. Elle a sauté sur l'occasion d'y rejoindre Dora et Picasso, pour se rapprocher de son mari, incorporé comme médecin militaire à Poitiers. Si tout va bien, il pourrait les rejoindre le week-end. Et Picasso leur offre une chambre à l'hôtel du Tigre.

Le 13 janvier 1940 marque donc un immense soulagement pour Dora. Mais rien ne va se passer comme elle l'avait imaginé. Car Jacqueline débarque à Royan avec sa fillette, Aube, qui a exactement le même âge que Maya.

Aube Elléouët Breton vit aujourd'hui en Touraine. Elle n'a gardé que quelques souvenirs vagues de ce séjour à Royan. Des journées sur la plage avec Maya, et Picasso qui les gave de bonbons.

Le peintre s'est en effet empressé de réunir les deux enfants pour qu'elles puissent jouer ensemble, et par la même occasion les deux mères. Belle revanche pour Marie-Thérèse qui prend plaisir à s'afficher au bord de l'océan ou dans les rues de Royan avec la meilleure amie de sa rivale. Elles ne partagent rien, sinon deux enfants du même âge, et n'ont aucun sujet d'intérêt commun. Mais elles sont blondes toutes les deux, et souvent les gens les confondent, ou, mieux, les prennent pour deux sœurs. Jacqueline est un peu gênée, mais on ne contrarie pas Picasso, et Dora folle de jalousie, d'autant qu'elle vient d'apprendre qu'elle est stérile.

Alors, recluse dans cet hôtel sans charme, elle passe ses journées à peindre de sinistres natures mortes, noie son chagrin dans des poèmes ou écrit à Picasso ce qu'elle n'arrive jamais à lui dire sans pleurer : « Mon amour, je fais tout ce qu'il faut pour être aimée, et je crois que tu ne m'aimes pas en effet. Pardonne-moi tout, je t'en prie. Je suis folle d'amour, vraiment folle d'amour pour toi [...]. Comment as-tu pu te sentir jugé quelquefois par moi ? Depuis que je te connais je ne suis qu'adoration, qu'admiration pour toi[82]. »

Les habitants de Royan se contentent d'observer le peintre, tantôt en compagnie d'une brune hautaine et peu souriante, tantôt avec une blonde rieuse et sympathique. Le verdict populaire est sans appel : Dora c'est la méchante, Marie-Thérèse la gentille.

« N'oubliez pas que Picasso ne vit que pour sa peinture », m'avait dit John Richardson quand je l'avais rencontré. Il passe d'une femme à l'autre sans transition ni état d'âme. L'une comme l'autre instrumentalisées, chosifiées, au service de son œuvre.

À Royan, il dessine et peint aussi beaucoup Maya. Souvent avec sa poupée Nanette. Sans oublier Mémé, la fameuse Émilie-Marguerite, qui tient son monde d'une aimable poigne de fer et pousse la chansonnette pour détendre l'atmosphère.

Picasso s'est trouvé un nouvel atelier, cette fois un peu éloigné de l'épicentre du psychodrame qu'il a mis en place. Le premier était trop sombre, à l'entresol de chez Marie-Thérèse, celui-ci est baigné de lumière : les trois fenêtres de la villa Les Voiliers s'ouvrent sur l'océan. « Ce serait parfait pour un peintre de marine », dit-il en souriant. Ce sera très bien pour lui aussi.

Malheureusement, la drôle de guerre se termine. Les vraies hostilités commencent. Une offensive éclair a laissé les troupes françaises exsangues. En mai, c'est la débâcle. En juin, les Allemands entrent dans Paris, Pétain annonce qu'il faut cesser le combat et demande l'armistice. La zone nord cédée à l'occupant intègre toute la façade atlantique, jusqu'aux Pyrénées, pour faire face à d'éventuels débarquements alliés. À Royan, les occupants s'installent à l'hôtel de Paris, le bâtiment mitoyen de l'atelier de Picasso. Des soldats allemands ont également réquisitionné la maison du Tremblay. Il s'inquiète pour ses tableaux, Marie-Thérèse pour ses affaires.

22

Suzanne 3

Suzanne avait disparu depuis quelques semaines. Je m'étais moi-même un peu désintéressée de Jeanne, la sachant éloignée de Marie-Thérèse depuis 1935. Je commençais même à douter de l'importance de cette sœur cadette.

Suzanne m'a rappelée un matin. « Alors où en êtes-vous ? » Avec elle, la conversation commence toujours aussi abruptement, sans perdre de temps inutile avec des formules de politesse.

De mes doutes, je ne souffle pas encore un mot. Je lui raconte seulement que je reviens de Royan, où la proximité entre l'hôtel du Tigre et la villa de Marie-Thérèse m'a paru stupéfiante. Et j'ose un commentaire un peu convenu : « Quelle perversité ! » « Peut-être... Mais vous oubliez le contexte, suggère-t-elle assez justement. À la veille de la guerre, Picasso a de bonnes raisons de réunir autour de lui les femmes qu'il aime ou qui lui sont indispensables… » Comme à Guernica, il craint les bombardements. Comme en 14, il redoute un conflit, cruel et interminable. S'il pouvait, il les garderait toutes, avec leurs enfants, dans une seule et même maison. Il ferait même venir Olga et Paulo, s'ils n'étaient pas en Suisse. « Il aurait aimé un grand château, confie d'ailleurs Marie-Thérèse. Chacune dans une pièce comme chez les Arabes. »

Mais le contexte tragique et angoissant n'exclut pas une dose de perversité.

Je profite de cet échange pour demander à Suzanne où vivait Jeanne pendant cette drôle de guerre, et sous l'Occupation.

Elle croit savoir qu'elle a emménagé à Reims avec son mari avant-guerre. « Quand il a été mobilisé, puis fait prisonnier, Jeanne s'est débrouillée un temps seule avec ses enfants. Elle racontait aussi que les Allemands avaient réquisitionné leur maison. Mais elle n'était pas du genre à vous assommer avec sa guerre, donc je n'en sais pas davantage. »

Quand Suzanne l'a connue, Jeanne ne consultait presque plus, dans son cabinet d'ophtalmologie. Elle était peut-être même déjà à la retraite, mais sans jamais employer ce mot-là. Elle s'était passionnée pour la céramique. Elle devait avoir son propre four. Elle cultivait son jardin, adorait ses dahlias. Ayant appris l'art floral japonais, elle composait des bouquets magnifiques. Et quand elle était en confiance, elle égrainait ses souvenirs avec son ami Picasso.

23

Quel apache

Royan n'est plus un refuge.

Comme tant d'autres artistes célèbres, Picasso aurait pu se replier en zone sud, ou tenter de s'embarquer pour New York. Mais à aucun moment, il n'a envisagé de fuir en laissant Maya, Marie-Thérèse et... ses tableaux. À tout prendre, plutôt Paris, même avec les Allemands. Il est certain d'y être plus en sécurité, parce qu'il sera chez lui et mieux informé. Alors, à la minute où Picasso le décide, le 25 août 1940, la troupe de l'hôtel du Tigre regagne la capitale.

Seules Marie-Thérèse, Maya et la grand-mère vont rester encore quelques mois sur la côte atlantique, avec la famille Raphanaud, propriétaire de la maison. Sur le marché, elles croisent parfois la dame qui continue de louer à Picasso le deuxième atelier, face à la mer. Dans ses mémoires, Andrée Rolland se souvient que Marie-Thérèse lui confiait : « Je reste à cause de mon petit chou. » Elle s'inquiétait aussi de savoir si Picasso pensait à payer son loyer : « Il est bien capable de l'oublier ! S'il oublie, dites-le-moi... » Et Mme Rolland d'en conclure : « Gentille, elle parlait ainsi par obligeance, prête à rendre service... Mais elle tenait aussi à bien marquer qu'elle restait en rapport d'intimité (et d'amitié aussi sûrement) avec le père de sa fille[83]. » Elle a été si longtemps cachée. Leur séjour à Royan lui a enfin permis d'apparaître au grand jour. Enfin reconnue comme la compagne de Picasso, la mère de sa fille. Elle ne peut se défaire de cette fierté nouvelle.

Dans l'impossibilité de réintégrer leur maison du Tremblay, Marie-Thérèse et Maya se replient chez la grand-mère à Maisons-Alfort, le temps de trouver un appartement à Paris. Elle en soumet deux à Picasso : le premier, juste en face de l'atelier des Grands-Augustins, le second, un peu plus loin, sur l'île Saint-Louis. Échaudé par le vaudeville de Royan, Picasso choisit l'adresse la plus éloignée de son atelier. Marie-Thérèse aurait préféré l'autre, mais elle en prend son parti. Jamais elle ne se permettrait de s'opposer à ses décisions. Et comme au Tremblay avant guerre, un emploi du temps réglé comme du papier à musique se met en place : du lundi au vendredi, Picasso se consacre à Dora Maar, ses amis, sa vie sociale, et sa peinture ; puis, le week-end, il disparaît chez Marie-Thérèse et Maya, où il travaille aussi. Seul Sabartès connaît précisément l'adresse : au quatrième étage du numéro 1, boulevard Henri-IV. Mais il est arrivé que Dora téléphone le dimanche. Elle a dû trouver son numéro dans l'annuaire : ODE 2973. C'est heureusement toujours Picasso qui décroche et si Marie-Thérèse demande qui appelle, il répond « l'ambassade d'Argentine ».

Paris est occupé. Les drapeaux nazis flottent sur tous les bâtiments officiels. Le rationnement, l'approvisionnement, les pénuries, le marché noir, les couvre-feux occupent les esprits et les conversations… À mots couverts, on évoque parfois les amis entrés en Résistance, les arrestations, les rafles. Mais ceux qui en ont les moyens parviennent à mener une vie presque normale. Picasso, par exemple, dispose des ressources et réseaux nécessaires pour ne manquer de rien. Il reçoit ses admirateurs tous les matins rue des Grands-Augustins, parfois même des soldats allemands, il déjeune au Catalan, un restaurant voisin, puis il travaille l'après-midi, souvent jusque très tard dans la nuit. Certains soirs, il retrouve des amis au Flore, aux Deux Magots, chez Lipp ou dans des fiestas qui s'improvisent chez Michel Leiris, Marie-Laure de Noailles ou Simone de Beauvoir.

Marie-Thérèse n'habite pas très loin de Saint-Germain-des-Prés, mais à des années-lumière de ce milieu d'artistes et d'intellectuels brillants. Sabartès s'est occupé de faire rapatrier ses meubles et ses affaires du Tremblay. Elle s'est glissée sans difficulté dans de nouvelles routines, seule avec sa fille, parfois sa mère. Et tous les jours, elle passe rue des Grands-Augustins, pour récupérer les cinq kilos de charbon que Picasso lui réserve. Selon les arrivages, Inès, la gouvernante, lui met de côté du beurre, du lait ou du saucisson... Marie-Thérèse aimerait bien leur piquer aussi du vrai savon de Marseille, mais Picasso conserve ses stocks avec ses lingots d'or.

En revanche, il lui offre toujours de somptueux cadeaux : des sacs, des chapeaux ou des robes de grands couturiers... Souvent des modèles qu'il achète également pour Dora.

On ne sait pas très bien s'il commande tout en double, pour se simplifier la vie, ou si, voyant Dora porter une nouvelle robe, lui vient l'idée de l'offrir à Marie-Thérèse...

Avant guerre, Dora Maar était une fidèle cliente de Balenciaga. Mais le couturier espagnol, réfugié à Paris depuis la victoire de Franco, a dû cesser toute activité. Gabrielle Chanel a fermé ses ateliers, Madeleine Vionnet est en liquidation, et

Schiaparelli exilée aux États-Unis. Les deux maîtresses de Picasso s'habillent désormais chez Jacques Heim, un couturier d'origine juive, entré en Résistance et remplacé par un Aryen. « Un jour je vais à une collection chez Heim, raconte Marie-Thérèse, et je la vois... La sorcière, comme on l'appelait. » « J'ai la même robe que vous », lui balance Dora Maar. « Il vous achetait les mêmes robes ? » feint de s'étonner Pierre Cabanne. « Oui, le monstre nous les envoyait, sans nous le dire naturellement... Quel apache quand même, quand j'y pense ! »

À ce petit jeu-là, pourtant, le peintre finit par s'emmêler les pinceaux. À moins que la maison Jacques Heim n'ait, par erreur, inversé les paquets. Sur la robe livrée à Marie-Thérèse figurent le nom et l'adresse de Dora Maar, 6, rue de Savoie. Furieuse d'apprendre que celle-ci a le droit d'habiter à côté de l'atelier, Marie-Thérèse décide de s'y pointer au culot.

En vieillissant, elle est comme ça : toujours gentille, soumise, obéissante avec Picasso, mais, sur un coup de tête, parfois capable d'impulsions : « Je sonne, je mets mon pied dans la porte... Et on commence à parler. C'est là qu'elle m'a dit que j'avais fait exprès de lui faire un enfant... Ah, je riais pas... Je lui dis : "C'est pas possible ! Si je pouvais la remettre où je l'ai trouvée !" »

Elle a beau adorer sa fille, la réplique est sortie comme un cri du cœur. Et elle revient encore, avec la même stupeur intacte, plus de trente ans après. J'ai d'abord cru comprendre qu'elle rêvait de liberté : sans cette gamine, elle imagine peut-être qu'elle aurait pu le quitter, épouser un garçon de son âge, former un ménage heureux. Mais Maude Julien m'a détrompée : Marie-Thérèse vit sous une telle emprise qu'elle ne peut pas concevoir la vie sans Picasso. Quand elle envisage de « remettre cette enfant où elle l'a trouvée », elle ne forme que l'espoir de redevenir l'élue, la seule et l'unique, comme la jeune fille dont il était fou amoureux.

Quelques heures plus tard, la voilà justement chez lui pour récupérer son charbon. Elle ne décolère pas depuis cet échange avec Dora. Et la colère lui donne toutes les audaces : « Dis donc, c'est pas tout ça, faudrait que tu penses à ton divorce et puis qu'on se marie. » Vasouillard, Picasso botte en touche : « Tu sais bien mon ange que ce n'est pas possible en ce moment, avec Hitler, avec la guerre… » Au même instant, quelqu'un sonne à la porte, et c'est Dora qui débarque.

Marie-Thérèse surjoue la scène devant le micro qui lui est tendu, avec pour imiter sa rivale un phrasé théâtral et une voix perchée ridicule : *Pablo Picasso, vous m'aimez, vous m'aimez ?* « Lui, je vous dis pas qu'il fait sa Sarah Bernhardt, mais il me prend par le cou, par la main… »

Et calmement, il explique, comme pour départager deux gamines qui se chamaillent : « Dora Maar, vous savez parfaitement que la seule que j'aime c'est Marie-Thérèse Walter, et la voilà ! » Leur petit jeu sadomaso échappe totalement à la mère de Maya, qui, attendrie et fière, s'imagine que l'autre va donc s'en aller, mortifiée. Pas du tout. Dora n'est pas du genre à battre si vite en retraite. « Tout à coup, je fais mon gangster : "C'est pas tout ça, maintenant faudrait que vous partiez." » « Je suis chez moi ici », rétorque Dora Maar... Picasso ne dit plus un mot. Impassible, il se délecte du spectacle de ces deux jeunes femmes prêtes à se battre pour lui. « Peut-être qu'il se disait : chouette on va se marrer... » La brune et la blonde se font face, aucune des deux n'est prête à céder. « C'était un taureau, cette fille, je la prends par les épaules, et pourtant j'étais costaud [...]. Bam, je reçois une gifle. Je l'ai à nouveau attrapée et je l'ai poussée jusqu'à la porte. Elle est partie. C'est pas allé plus loin. »

Marie-Thérèse est peut-être assez naïve pour se réjouir d'avoir viré la « sorcière », ou la « baveuse », comme dit Maya. Mais elle est assez lucide pour deviner que cette rivalité, au mieux, amuse Picasso. Il a dû la féliciter, comme on félicite un enfant. Puis, c'est pas tout ça, il lui tend son charbon et tendrement la pousse vers la sortie.

La seule photo connue de Marie-Thérèse et Picasso doit dater de la même époque. Ils posent avec leur fille qui a presque sept ans, sur le balcon du boulevard Henri-IV. Photo de famille presque classique pour célébrer le baptême tardif de Maya. La fillette porte une jolie robe blanche et des socquettes assorties, des rubans entortillés dans ses anglaises, et sa main droite est agrippée au pantalon de son père. Lui tient négligemment une gitane entre ses doigts et paraît détaché ou pressé d'en finir avec la séance photo. Marie-Thérèse donne au contraire le sentiment de vivre l'un des plus beaux jours de sa vie. Très élégante, en tailleur gris, elle a noué sur ses cheveux un foulard à pois, à la manière de Simone de Beauvoir. Mais son sourire paraît un peu guindé, comme si elle posait à côté d'une vedette qui l'intimide.

Sur une autre photo de Maya et son père, quelques mois plus tard sur ce même balcon, on découvre que Picasso n'achetait pas seulement les robes en double exemplaire. Il a offert à sa fille le même chien qu'à Dora : un petit griffon blanc qu'il s'amusait souvent à reproduire en découpant du papier. Celui de Maya s'appelle Riki. Celui de Dora Maar, je n'ai jamais su... Il a disparu un soir dans Paris, au moment où elle a commencé à perdre pied en 1944. Elle prétendait qu'on le lui avait volé.

24

Disgrâce

Le dernier tableau représentant Marie-Thérèse est une aquarelle d'août 1944 portant le titre *Portrait d'une femme*. Toujours pas reconnue, toujours pas nommée, à peine reconnaissable. Depuis Royan, elle ne l'inspire plus vraiment. « Je voyais d'autres bobines qui n'étaient pas la mienne… » C'est toujours la disgrâce qui menace les muses. Alors, de temps en temps, elle jette un œil sur les toiles, juste pour savoir qui a pris sa place.

Depuis 1940, il n'en a que pour Dora Maar. De plus en plus défigurée, déchirée par la douleur. Maigre consolation… Et le week-end à la maison, il dessine plutôt Maya : pendant qu'elle dort, un chapeau sur la tête, un jouet dans les mains… Il remplit le carnet bleu, que Marie-Thérèse qualifie d'« album pour rire ». Façon de dire que ce travail-là n'est pas sérieux. Façon de réduire à peu de chose la complicité entre le père et la fille. On imagine qu'elle commence à se sentir exclue en les regardant rire et jouer tous les deux.

Il n'est pas certain qu'elle ait repéré la nouvelle « bobine » qui apparaît en 1943 : une jeune fille au visage ovale, de grands yeux, et de longs cheveux ondulés. Françoise Gilot n'a que vingt-deux ans. Et lui déjà soixante-deux. Elle est peintre, audacieuse, indépendante. Elle va rapidement devenir sa nouvelle muse et rayer d'un même trait la brune et la blonde.

Mais Marie-Thérèse n'en sait rien. Elle n'est jamais conviée aux visites du matin. Elle ne croise ni Cocteau, ni Sartre, ni Brassaï, ne déjeune pas non plus avec eux au Catalan. Depuis peu, c'est même encore pire : Picasso, qui se réserve du temps pour Françoise, exige désormais qu'elle prévienne au lieu de passer à l'improviste chercher son charbon.

De son côté, il ne vient plus que le jeudi et le dimanche, quand Maya n'a pas classe, et il ne reste pas dormir. Il en profite pour se faire couper les cheveux et les ongles. Par superstition, il a toujours craint qu'un sort ne lui soit jeté si quelqu'un récupérait ces petits bouts de lui-même. Et Marie-Thérèse est la seule dont il ne se méfie pas, tout en sachant qu'elle conserve ses rognures.

Je l'imagine les ranger comme des reliques, dans l'enveloppe qu'elle leur a dédiée, puis la glisser dans ce qu'elle appelle son « armoire à secrets » : un petit sac noir où elle conserve aussi le col Claudine et la cravate en soie du premier jour, quelques mégots ou une mèche de cheveux. Ces vestiges ont pour elle des vertus magiques. Elle doit les regarder, les toucher, et leur adresser de secrètes prières... Pierre Cabanne y voit un mélange d'idolâtrie et d'enfantillage. J'ai lu que les marabouts et les sorciers africains manipulent des ongles ou des cheveux dans leurs sortilèges de retour d'affection. Elle l'a peut-être lu aussi... Pour Maude Julien, Marie-Thérèse doit considérer ces vieux ongles coupés « comme la preuve tangible de son importance à ses côtés ». Et elle commettrait un sacrilège en jetant ces « trophées » ! Les psychanalystes parlent aussi de fétichisme, ou d'un TOC de conservation lié à un état mélancolique : un comportement souvent observé après un deuil, ou un chagrin d'amour, mais qui généralement ne dure pas toute une vie...

Le 13 juillet 1944, Picasso lui écrit comme tous les ans pour son anniversaire : « Tu as toujours été la meilleure des femmes. Je t'aime et je t'embrasse de tout mon cœur[84]. » En lisant qu'elle a « toujours été », elle aurait pu noter qu'il parle d'elle au passé, mais, comme toujours, elle ne retient que les « je t'aime ».

Août 44, la fin de la guerre approche. Les Américains ont débarqué en Normandie, et dans Paris les Allemands affrontent une Résistance dopée par cette victoire imminente. À Saint-Germain-des-Prés, entre barricades et fusillades, Picasso ne met plus le nez dehors. Les coups de feu le terrifient. On lui a dit que sur l'île Saint-Louis ça canarde un peu moins. Alors, profitant d'un moment d'accalmie, « il est venu se cacher boulevard Henri-IV. Il se mettait aux fenêtres pendant qu'on faisait des barricades en dessous ». Marie-Thérèse a trouvé une jolie formule, un bel oxymore : « On s'embêtait bien. » S'embêter avec lui, c'est toujours un bonheur. On devine la douceur de ces journées d'été, torrides et oisives en dépit des combats. On entend qu'elle est heureuse, enfermée dans cet appartement qui redevient un nid d'amour même si ça canarde autour.

Elle a vu des gamins se faire tirer comme des lapins dans le jardin sous ses fenêtres. Mais Marie-Thérèse ne peut s'empêcher de se réjouir. Elle a retrouvé son Pic. Personne ne sort. Personne ne l'attend. S'il veut travailler, il a ici son atelier. Pour passer le temps, ils font quelques photos avec Maya et le chien. Il s'installe pour bronzer en caleçon sur le balcon. Et quand il s'ennuie, il traîne d'une fenêtre à l'autre, ou dessine la mère et la fille chacune à leur tour, comme autrefois. Il peint aussi le plant de tomates qui pousse sur une fenêtre.

La Libération est une fête ! Mais pour Marie-Thérèse elle s'accompagne aussi d'un triste retour à la vie normale : Picasso rentre chez lui. Il ne reviendra plus. Et elle n'est pas préparée à la révolution qui vient.

Il va subitement cesser d'être « un grand peintre pour devenir une vedette », observe Françoise Gilot, désormais aux premières loges. Les galeristes du monde entier se disputent ses faveurs et ses toiles. Les GI défilent dans son atelier comme ils vont voir la tour Eiffel. L'un d'entre eux a même dû s'introduire chez Marie-Thérèse : elle a photographié un casque militaire posé dans son salon, sous un tableau représentant *Maya au tablier rouge*. Sacré souvenir !

25

Suzanne 4

« Vous revoilà ! J'imagine que la guerre est finie ! » s'écrie Suzanne qui comme toujours décroche dès la première sonnerie. Après confirmation que j'ai bien libéré Paris, elle m'annonce triomphante qu'il est donc enfin temps de retrouver Jeanne.

Désolée Suzanne, j'ai déjà retrouvé Jeanne... Tout au fond d'un énorme carton de lettres conservées dans les archives d'une fondation américaine. J'aurais aimé voir sa tête quand elle a seulement lâché : « Non !? » Je vais tout vous dire, Suzanne...

En 1946, Picasso et François Gilot, sa nouvelle et jeune compagne, s'installent à Vallauris, dans une petite baraque toute simple, La Galloise, perdue au milieu de la garrigue. Leurs deux enfants, Claude et Paloma, vont y grandir, et Picasso y découvrir la céramique. Mais en 1955, après que Françoise l'a quitté, le peintre est si furieux qu'il fait vider la baraque de fond en comble. À sa demande, les déménageurs embarquent tout ce qui traîne : les toiles de la jeune artiste, ses souvenirs, les jouets des enfants, et même leurs vêtements... Ils vont seulement oublier de vider le grenier. De retour à Vallauris, Françoise n'y trouve que des cartons où le peintre entassait des lettres de Marie-Thérèse, d'Olga, et quelques autres. Sans aucun intérêt pour elle. Mais elle se garde bien de les rendre à Picasso. Elle les confiera plus tard à Carlton Lake, le romancier américain qui a écrit avec elle *Vivre avec Picasso*. Et à la mort de Lake, ses archives sont léguées à l'université d'Austin, au Texas.

Si j'avais laissé faire Suzanne, elle débarquait chez moi dans l'heure.

Ces lettres, je les ai consultées sans avoir le droit de les publier. Je vais donc me contenter de les raconter comme je les ai racontées à Suzanne.

La première est datée d'octobre 1947, la dernière du 21 septembre 1951. Quatre années de la vie de Marie-Thérèse.

Généralement, elle l'appelle *mon cœur*, plus rarement *mon cher, mon tendre*, ou *Toi, Toi*, une fois *notre cher père*.

Le plus souvent, elle enjolive son quotidien : les journées sont *extraordinaires*, le printemps *adorable* ou *éblouissant*, Paris *délicieux*, sa chance *immense*... Elle raconte ses virées en décapotable avec Maya, un match de football au Parc des Princes, *Bambi* au cinéma, une conférence de Paul-Émile Victor à Pleyel, et elle le remercie de lui permettre de vivre ainsi. Les mois passant, elle confie aussi la tristesse de voir sa mère s'affaiblir, puis les vendredis sur sa tombe.

Au moins une fois par mois, elle glisse un mot sur le chèque qu'il serait bien aimable d'envoyer : généralement elle réclame 120 000 francs *pour vivre**, avant les vacances il en faut 350 000, puis en janvier, l'addition monte à 585 000 francs pour tenir compte de tous les frais (le loyer, le parking, la pension de Maya et le salaire de la dame qui s'occupe à plein temps de sa mère)...

Elle dit toujours qu'elle attend ses lettres avec impatience. Elle se rassure en espérant que s'il prend tant de réflexion, la prochaine sera forcément très longue... Presque cynique. Mais parfois le chagrin déborde. Elle pleure en écrivant qu'elle l'embrasse mille et mille fois, comme au

* En termes de pouvoir d'achat, 120 000 francs de l'époque équivaudraient à 3 000 euros aujourd'hui ; 350 000 francs, presque 9 000 euros, et 585 000 francs plus de 15 000 euros. Source Insee.

temps où elle croyait tant à la vie, ou que *son cœur est en morceaux*... Un soir elle arrive à lui dire qu'elle l'aime et le déteste plus que tout au monde... Son silence la met parfois en *folle fureur*... Mais aussitôt elle s'excuse de faire du sentiment et s'efforce de se montrer plus drôle.

Elle s'inquiète souvent de sa santé ; de son travail beaucoup moins, ou de façon vague. Elle ne fait allusion à sa peinture qu'après avoir vu le film *Guernica* d'Alain Resnais, dont elle est sortie plus impressionnée par sa photogénie ou les applaudissements du public, que par ses *dessins malicieux sur du verre*.

Il lui arrive d'être lucide, comme après ce coup de fil dont elle dit *frissonner encore de la tête aux pieds*. Elle évoque sa voix *à faire damner un saint*, et son terrible pouvoir de séduction. Elle utilise même le mot d'*envoûtement*... Pourtant dans ce courrier-là, on comprend qu'elle a refusé de lui rendre ses baisers et lui a raccroché au nez.

Mais le déni est plus doux. Elle confie à Picasso que sa sœur Geneviève la soupçonne de s'accrocher à un amour imaginaire. Évidemment elle se trompe, non ? Picasso les aime. Elle et sa fille lui manquent. *C'est bien cela qu'il faut dire, n'est-ce pas ?* demande Marie-Thérèse.

Ses lettres sont souvent quotidiennes puis tout à coup, sans raison, elles peuvent s'espacer.

Elle se plaît alors à croire qu'il a dû s'affoler, et les imaginer kidnappées. Puis elle balance tout à trac qu'elle a passé ces deux semaines de silence en vacances à Juan-les-Pins, c'est-à-dire à six kilomètres seulement de chez lui. Du palais Biagini où elle avait loué un meublé, elle a même aperçu sa voiture. Et lorsque les gens la croisaient seule avec sa fille sur la plage, elle se vantait d'avoir un mari artiste très célèbre qui avait besoin de solitude pour travailler. Il doit l'imaginer rôder autour de la maison... Il est déjà persécuté par son épouse Olga qui a même agressé Françoise dans la rue, si Marie-Thérèse s'y met aussi... Elle devient inquiétante.

Généralement, elle écrit très tard dans la nuit, ou très tôt le matin avant d'aller nager. L'été, elle plonge directement dans la Seine, tout à la pointe de l'île Saint-Louis. C'est officiellement interdit mais certains le font encore. L'hiver, elle fréquente la piscine Pontoise, dès l'ouverture, à 7 heures du matin. Et après plusieurs kilomètres, elle rentre fourbue chez elle, *ce qui évite de penser*. Certains jours, sûrement pour l'impressionner, elle prétend qu'elle a enchaîné une heure de piscine, deux heures de bicyclette et trois heures d'aviron. Elle doit penser encore moins...

Lorsqu'elle est en vacances, elle envoie des photos, avec Maya, sur la plage, ou à Chamonix.

En mars 1948, elle partage deux clichés avec un ami, à Juan-les-Pins. Sans doute avec l'espoir un peu naïf de le rendre jaloux. Au dos, elle a noté : *avec un partner dadaïste*... Quel autre dadaïste que Tzara pourrait-elle connaître ? Et cet homme en maillot de bain lui ressemble vraiment.

On découvre que sur cette période de quatre ans Picasso ne vient quasiment jamais les voir à Paris, et elle n'évoque pas non plus de séjours de Maya chez lui. Elle suggère au contraire plusieurs fois qu'il trouve le temps d'écrire à sa fille.

Comme si elle s'en servait d'appât, elle la décrit *pin-up*. Pour l'attendrir, elle s'émerveille de leurs ressemblances : ellc est jalouse, déteste la campagne, le sport, et surtout, elle dessine, de mieux en mieux, dans le style de son père.

Mais avec les enfants comme avec les femmes, les nouveaux semblent effacer les précédents... Il les adore tout petits, ébloui par la magie de sa création. Il aime les premiers pas, les premières libertés. Il s'amuse de l'éveil au monde. Il s'inspire de leur grâce. Mais les adolescents, leurs boutons et leurs états d'âme l'intéressent un peu moins. Surtout, si d'autres ont pris leur place.

Ces lettres sont vertigineuses, et bouleversantes. Elles sont l'exutoire et l'expression d'une femme enfant toujours sous emprise, cadenassée dans une légende qu'elle se raconte pour survivre.

La croyance est une citadelle. Marie-Thérèse s'y barricade.

Je me suis arrêtée de lire plusieurs fois, puis, voyeuse, je reprenais en espérant y puiser quelques lignes plus raisonnables. Malraux dit de Jacqueline qu'« un passé désolé imprègne tout ce qu'elle dit[85] ». Chez Marie-Thérèse, c'est un passé dévasté.

Elle ne s'accroche pas seulement à un amour chimérique, elle s'évapore et divague dans un monde si étroit qu'elle se cogne sans cesse aux mêmes mots, se blottit sur les mêmes illusions.

Au début de son histoire d'amour avec Françoise Gilot, Picasso lui lisait à haute voix les courriers de Marie-Thérèse, et il ajoutait avec un air de défi : « Je ne vous vois pas écrire des lettres comme celle-là. Vous ne m'aimez pas assez... Cette femme, elle, m'aime vraiment[86]. »

Désormais, il les partage un peu moins. Et il n'y répond que rarement. Mais il adore savoir qu'elle est encore là, amoureuse et sous contrôle.

Ce ne sont pourtant pas ces lettres-là qui intéressent Suzanne.

26

La plus délicieuse des poires

Avril 1948. Marie-Thérèse a depuis quelques mois recueilli sa mère chez elle. Émilie-Marguerite n'a que soixante-dix-sept ans, mais elle est très diminuée, pèse au moins cent kilos, elle a perdu la vue, ne marche presque pas et n'a plus toute sa tête. Pour l'aider, Marie-Thérèse a fait appel à son amie de Royan, propriétaire de la maison qu'elle occupait au début de la guerre. Mme Raphanaud, dont la villa a été rasée par les bombardements alliés à la Libération, a été très heureuse d'accepter ce travail. Et elles ne sont pas trop de deux pour soulever la vieille dame impotente, la veiller, la nourrir, la soigner…

Mais la charge est de plus en plus lourde. Et Marie-Thérèse se sent bien seule. Sous prétexte que Picasso paie, et supposant qu'elle n'a rien de mieux à faire, son frère et ses deux sœurs semblent se satisfaire de cet aimable sacrifice.

Elle a dû commencer à s'énerver toute seule. De jour en jour. Puis la colère est montée sans qu'elle puisse la contrôler. Et d'un jet elle s'est fendue pour chacun d'une lettre, bien tournée, acide, ferme et déterminée : elle exige qu'ils participent aux frais, sans quoi elle déposera « Mémé » chez eux, trois mois par an. « C'est épatant les poires, mais voyez-vous, un jour, même les plus délicieuses, se foutent en colère. » À Geneviève, l'aînée médecin célibataire, elle demande 3 500 francs ; pour Jeanne, mère de quatre enfants, 3 000 francs suffiront ; quant au garçon qui ne doit pas gagner grand-chose, « un prix d'ami », 1 500 francs.

Elle est si fière de ce coup de sang, qu'elle se fait un plaisir d'envoyer les brouillons de toutes ces lettres à Picasso, cherchant son assentiment. Il ne les a peut-être pas lus, mais il les a conservés, dans les cartons de Vallauris.

Marie-Thérèse lui a recopié aussi les échanges qui ont suivi avec Jeanne. Elle l'appelle tantôt *celle de Reims*, tantôt *la femme du monde*. Jeanne répond qu'elle accepte de bon cœur d'envoyer chaque mois sa participation. Elle accompagne le chèque d'un paquet de biscuits de Reims, puis elle conclut par un trait d'humour teinté de suffisance : elle est certaine que le bon

Dieu la remerciera de ce geste généreux en lui envoyant plus de patients. Elle semble regretter aussi que Marie-Thérèse ne lui permette pas de rendre visite à sa mère. La réponse est cinglante : elle n'a qu'à passer en son absence.

Elles vont pourtant se revoir un an plus tard. L'acte de décès d'Émilie-Marguerite indique qu'elle s'est éteinte « le 2 août 1949, à l'âge de soixante-dix-huit ans, à son domicile, 1, boulevard Henri-IV à Paris ». Autour de son cercueil les quatre enfants sont enfin réunis : les Walter et les Valroff. Inévitablement, le chagrin les rapproche et engloutit les vieilles rancœurs. Petite fille perdue, Marie-Thérèse s'effondre dans les bras de Jeanne et tout semble pardonné. Leurs enfants ont quasiment le même âge, il est bien temps qu'ils se connaissent.

Évidemment, Picasso n'est pas là. Plus il vieillit, plus il évite les obsèques, comme s'il craignait que la mort lui tende une embuscade. Il éprouvait pourtant beaucoup de tendresse et de respect pour Émilie-Marguerite. Il se plaisait à lui dire qu'elle était la femme idéale : gaie, pragmatique et donc malléable. Quand elle a commencé à perdre la tête, il fabriquait pour la distraire des petits objets de papier. Une autre fois, il avait dessiné pour elle un train. Suzanne s'en souvient aussi et elle m'a envoyé la photocopie de l'article où nous l'avions lu.

Il n'a pas assisté aux obsèques, mais il a dû venir un peu plus tard présenter ses condoléances. Dans la lettre qui suit sa visite, Marie-Thérèse le remercie, et elle liste les frais qu'il a proposé de rembourser : l'enterrement, les fleurs, les tenues de deuil, les repas, le dernier salaire de Mme Raphanaud et son train pour Royan. Elle a tout additionné en veillant à ne rien oublier, pas même les chapeaux ! À aucun moment, elle ne semble gênée de solliciter son argent. Elle considère comme une évidence qu'il doit payer pour elle. Mais elle réclame son dû comme une enfant à charge plus qu'une femme entretenue. Et, sans discuter, Picasso paraît s'acquitter d'une dette plus que d'une pension, redevable d'une vie qu'il a capturée, dévorée, avant de s'en lasser.

Dans les mois qui suivent la disparition d'Émilie-Marguerite, l'appartement du boulevard Henri-IV devient le point de ralliement des trois sœurs, et des cousins germains. La hache de guerre paraît enterrée. Picasso n'est plus là pour les séparer.

27

La personne

Quand Pierre Cabanne demande à Marie-Thérèse si elle a connu Françoise Gilot, sa réponse contraste étonnamment avec la tonalité enjouée de l'entretien. « Ça ne vous regarde pas ! » répond-elle très sèchement. Puis elle se ressaisit : « Je vais vous dire pourquoi : c'est parce que je voulais voir le bébé... Alors ils sont venus chez moi avec cette personne, habillée comme quat' sous, comme ceux de maintenant. »

Elle dit toujours *la personne* quand elle parle des autres filles qui fréquentent Picasso. Citer leur nom serait leur donner plus d'importance. *La personne*, au fond, c'est personne.

En vérité, ils ne sont pas venus chez elle. Elle et Maya se sont déplacées à La Galloise.

Françoise Gilot situe cette rencontre à l'été 1949, après la naissance de Paloma. Apprenant que Marie-Thérèse et Maya sont encore en vacances à Juan-les-Pins, elle a suggéré à Picasso de les inviter pour que l'adolescente connaisse enfin son demi-frère et sa demi-sœur. Et pour éviter aussi de toujours passer pour la méchante qui l'empêcherait d'aller voir sa fille. Il a résisté, préférant comme toujours déjeuner seul le jeudi avec elles. Puis il a fini par céder. Il leur a envoyé son chauffeur.

Françoise se souvient d'avoir été fascinée par l'allure de Marie-Thérèse : « Un profil grec très pur [...]. Très athlétique avec ce teint brillant de santé qu'on voit souvent aux Suédoises. » Elle comprend exactement ce qu'elle apportait à Pablo. « Sa présence, qui émanait de la nature, lui convenait particulièrement [...]. Qu'elle fût intelligente ou non devait paraître très secondaire à l'artiste, inspiré par ses formes et ses volumes[87]. »

Picasso déteste ce genre de situation, et le formalisme contrit de ces conversations gênées. Il préfère s'éclipser dans le jardin avec Maya et Claude, sous prétexte de leur montrer une tortue. Et les deux femmes se retrouvent seules face à face. Elles parlent du bébé, parce qu'il faut bien parler de quelque chose. Puis, profitant d'un silence, Marie-Thérèse finit par lâcher « froidement, mais sans méchanceté » : « N'imaginez pas que vous puissiez jamais prendre ma place. » Poliment, Françoise répond qu'elle n'en a pas l'intention, en ajoutant, comme une terrible évidence, « qu'on ne peut occuper qu'une place vide »...

J'ai passé des heures à essayer de comprendre la place que Marie-Thérèse imagine encore occuper.

Ce pourrait être celle d'un objet, désormais inutile et encombrant, dont Picasso ne sait plus quoi faire mais qu'il conserve comme toutes ces choses qu'il refuse de jeter. Ce pourrait être un vieux buste en bronze rangé dans un grenier et couvert de poussière. Et pourtant, elle a une place à part. Il n'a jamais été aussi cruel avec elle qu'avec Olga ou Dora Maar. Il n'a jamais mis de point vraiment final à leur relation. Il doit se sentir responsable de cette adolescente détournée un soir d'hiver, écartée du destin banal qui aurait dû être le sien.

J'imagine Marie-Thérèse perdue dans ce jardin, éblouie, assommée par la réalité de cette jeune femme et de son bébé. Elle a forcément compris que l'autre occupe une place primordiale. Mais elle va sombrer si elle ne repousse pas cette évidence. Alors, elle se raidit et de façon totalement déraisonnable s'accroche au fantasme qu'elle seule demeure importante dans la vie de Picasso.

Elle lui a « sauvé la vie », elle a « toujours été la meilleure des femmes ».

Elle pourrait prétendre aussi à une place unique, non pas dans la vie, mais dans l'œuvre de Picasso. Elle incarne pour l'éternité tous ces portraits éblouissants : *Le Rêve, Le Sommeil, La Ceinture jaune, La Lecture interrompue, La Dormeuse, La Femme au fauteuil rouge*... Unique Marie-Thérèse, irremplaçable, indéboulonnable. Mais la peinture ne l'intéresse pas.

Après cette visite à La Galloise, Maya va prendre l'habitude de revenir souvent chez son père en vacances. Mais seule ! Quand elle le croit malheureux, Marie-Thérèse lui propose parfois de lui envoyer sa fille. « Bien sûr, dans le fond de mon cœur, j'aurais aimé qu'il me dise : toi, viens aussi[88]... » Il ne le dit jamais. Et Maya peu à peu lui échappe, aspirée par le monde plus fascinant et plus joyeux de Picasso.

C'est à cette période exactement que Marie-Thérèse se décide enfin à reconnaître juridiquement sa fille. Comme si subitement, et sans doute un peu trop tard, elle éprouvait le besoin de défendre aussi sa place de mère.

Alors, comme elle s'invente une vie, elle cultive l'illusion d'une famille. Elle téléphone souvent à Paulo, le fils aîné de Picasso, pour prendre de ses nouvelles. Elle s'est rapprochée d'Émilienne, l'épouse dont il est en train de divorcer. Et elle se vit un peu comme la grand-mère de leurs deux enfants, Marina et Pablito.

28

Suzanne 5

Au risque de la décevoir, j'ai fini par avouer à Suzanne que je m'interroge sur l'importance réelle de Jeanne dans l'œuvre et la vie de Picasso. Le quatrième volume de la biographie de John Richardson vient de paraître[89]. Et quand il évoque les tableaux où Marie-Thérèse pose avec l'une de ses sœurs, il cite toujours Geneviève, l'aînée. Jamais Jeanne ! « Richardson a vraiment un problème avec Jeanne ! s'énerve Suzanne. Mais attendez, moi aussi, j'ai du courrier pour vous ! »

Comme chaque fois, elle m'a donné rendez-vous au café Le Mesnil, rue La Boétie. Comme toujours, Suzanne est en avance. Elle m'attend, avec déjà sur la table une pochette en plastique contenant une vingtaine de photocopies.

Elle a eu l'idée toute simple de consulter les archives du musée Picasso pour y retrouver d'éventuelles lettres de Jeanne. J'y avais pensé aussi, mais en cherchant bêtement Walter ou Valroff, ses deux noms de jeune fille… Alors qu'évidemment Jeanne signait de son nom d'épouse.

La première lettre est datée du 1er janvier 1955. Jeanne envoie ses bons vœux à Picasso et Maya, depuis une station des Alpes suisses où elle séjourne en famille. Quelques banalités d'usage sur la première page. Puis au verso, une surprise : « Et si Maya était un amour, elle me répondrait et m'expliquerait POURQUOI [écrit en lettres capitales] Thérèse a été fâchée que je sois allée voir son père. Et cela va faire dix mois que je ne l'ai pas revue[90]. »

« Oui, la famille l'a toujours appelée Thérèse », décode Suzanne.

Un an plus tard, nouvelle année, nouvelle lettre : « Si cela peut te faire plaisir de recevoir mes meilleurs vœux, c'est de tout cœur que je te les envoie. Je ne recevrai jamais les tiens, ni ceux de Maya. Mais cela n'a aucune importante. Le rêve supplée à tout. Le rêve. Les fleurs. Et les sourires. En toute amitié. Jeanne. »

Trois mois plus tard, au printemps 56 : « Je ne vois plus Thérèse. Je ne vois plus personne.

Nous sommes tous fâchés. Pourquoi ? Personne n'en sait rien… »

Je relève la tête et je vois Suzanne qui jubile, assez fière de m'avoir surprise à son tour. « Alors qu'en dites-vous ? »

J'en dis que Jeanne est venue voir Picasso, et que Marie-Thérèse ne l'a pas supporté. « Exactement ! J'aurais d'ailleurs dû vous parler plus tôt de cette visite. Mais je ne savais plus exactement en quelle année la situer. Sans doute au printemps 1954. Et j'ignorais qu'elles s'étaient fâchées à nouveau. »

Suzanne croit se souvenir que Jeanne était partie en vacances à Juan-les-Pins avec les enfants. Elle a dû prévenir Picasso, car à la gare une très belle voiture avec chauffeur les attend pour les conduire jusqu'à l'appartement réservé pour eux. Ils profitent de la plage, déjeunent au restaurant, visitent les musées, puis au bout de quelques jours, Jeanne leur annonce qu'ils sont attendus chez le père de Maya. En bas, Marcel, le chauffeur, est déjà là.

C'est l'époque où Françoise a commencé à prendre ses distances : elle a embarqué Claude et Paloma à Paris et Picasso est resté vivre seul à La Galloise.

La grille et la porte sont ouvertes. Hésitants, Jeanne et les enfants s'avancent dans une première pièce encombrée de tableaux et d'objets bizarres. Ils sont un peu déroutés : ils avaient imaginé une villa plus luxueuse. Quand, tout à coup la voix de Picasso et son accent rocailleux les fait sursauter : « Jeanne ! Ça fait dix-huit ans que je t'attends ! »

Dix-huit ans, donc depuis la naissance de Maya et la dispute à la maternité ! « Oui, exactement, confirme Suzanne… Vous allez enfin vous décider à me croire ? »

Un soleil éclatant brille sur Vallauris. J'imagine Jeanne qui surjoue la bonne humeur pour cacher son émotion, et Picasso enchanté de revoir une vieille amie. Après toutes ces années, ils ont tant de choses à se raconter. Pendant que les enfants s'en vont jouer dans le jardin, Jeanne reste seule avec le peintre, qui lui montre ses derniers tableaux, et surtout les céramiques, sa nouvelle passion. Puis, avant leur départ, il ébauche le portrait de la fille aînée de Jeanne, qu'il complimente en lui disant qu'elle ressemble beaucoup à sa mère, il y a dix-huit ans…

Je suggère à Suzanne que la passion de Jeanne pour la céramique remonte peut-être à cette visite dans l'atelier de Vallauris. « Évidemment », dit-elle.

Les lettres suivantes confirment que les deux sœurs restent fâchées, et Jeanne semble s'en désoler. Marie-Thérèse ne lui pardonne pas cette intrusion. Solidaire de sa mère, ou indifférente,

Maya ne répond pas non plus aux courriers de sa tante. Et Picasso refuse évidemment de s'en mêler.

Mais ces lettres en disent encore bien davantage...

Comme Marie-Thérèse, Jeanne raconte à Picasso un quotidien dont on devine qu'il se fiche éperdument. Elle lui décrit son jardin, ses dahlias, les études des enfants, son mari qu'elle appelle sans tendresse *le patron* ou *le procréateur*. Presque tous les ans, le 20 octobre, elle n'oublie pas de lui souhaiter un bel anniversaire. Mais plus le temps passe, plus elle se laisse aller à d'étranges confidences. Elle va jusqu'à lui raconter un rêve où se mêlent Khrouchtchev et une jeune Suédoise. Lui, visiblement, ne répond jamais. Elle ne se décourage pas pour autant : « le rêve supplée à tout ». Ou alors elle imagine que quelqu'un filtre son courrier. Elle avoue qu'elle « pense à lui depuis trente ans, et c'est une douce habitude ». Et puis, en 1960, elle lui écrit de Londres après avoir visité son exposition à la Tate « avec émotion »... Et « comme un rendez-vous d'amour » !

« Vous avez bien lu ? Elle parle d'un rendez-vous d'amour ! Il vous faut encore un dessin ? »

Pourquoi ai-je tant résisté ? Pendant des mois, j'ai sincèrement refusé de croire que Picasso ait pu entretenir une liaison parallèle avec deux sœurs, se jouer de l'une et l'autre... Naïve, je m'accrochais à l'intuition que l'Espagnol, pétri de culture chrétienne, n'avait pu franchir cette ligne jaune. Mais Suzanne a sûrement raison... Les deux sœurs sont pour lui parfaitement complémentaires : la première lui est physiquement, artistiquement indispensable, avec l'autre il échange, parle peinture, littérature, et surtout médecine.

Comme presque toutes les femmes qui ont croisé Picasso, Jeanne ne s'en est jamais remise. Entre les lignes, on comprend qu'il n'a pas cessé de faire partie de sa vie, son quotidien. Depuis toujours, elle parle de lui à ses enfants, ses amis. Et comme Marie-Thérèse, elle l'a cru sur parole quand il s'est écrié : « Ça fait dix-huit ans que je t'attends ! »

« Vous voyez, il a conservé toutes les lettres de Jeanne jusqu'à la fin de sa vie », insiste Suzanne. Oui, quatorze lettres, parmi des milliers de papiers et factures qu'il n'arrivait jamais à jeter et entassait dans toutes ses maisons.

Lorsque j'enquêtais sur Dora Maar, j'avais découvert son analyse graphologique, réalisée en 1942 à la demande de Paul Éluard. Un ami graphologue m'avait alors permis de poursuivre cet examen. J'ai rappelé Serge Lascar, et il a bien voulu se pencher sur les écritures des deux sœurs.

29

Madame Walter

Ce n'est sûrement pas un hasard si, quelques semaines après la visite de Jeanne, Marie-Thérèse trouve aussi le courage de grimper jusqu'à La Galloise. Elle est toujours plus audacieuse quand elle est en colère.

Elle prétend que c'est Paulo qui a insisté pour la conduire chez son père. Elle a d'abord refusé : « Non, il ne m'a pas appelée, je n'irai pas. » Puis elle s'est laissé faire. Pourquoi s'interdire ce que Jeanne a osé se permettre. L'accueil est moins enthousiaste. Il faut dire que la présence de son fils a toujours tendance à agacer Picasso. Ils le dérangent surtout, alors qu'il est en train de travailler dans son atelier, avec encore une autre *personne*, une jeune femme brune qui pose en short. Elle s'appelle Jacqueline Roque, pas encore Jacqueline Picasso.

« Cette espèce de petit salopard, adorable Picasso, il se met à dire à la personne : “Je vous présente Mme Walter.” Vous vous rendez compte ! Dire ça de moi ! » Qu’aurait-il pu dire ? s’étonne Pierre Cabanne. « Je m’appelais Marie-Thérèse ! Je m’appelais pas autrement. C’est méchant de dire ça, très méchant… J’ai vu que j’étais carrément une étrangère. »

Le réel a des façons brutales de s’imposer. « Le réel c’est quand on se cogne », disait Lacan. Et là, Marie-Thérèse vient de se cogner à *Walter*, et encore plus violemment à *madame*. Jusqu’ici, elle a tout accepté. Elle a réussi à tout faire entrer dans sa grille d’interprétation du monde et de son couple imaginaire. Mais *Madame Walter*, tout à coup, est comme un projecteur braqué sur ses illusions qui ne survivaient que dans la pénombre. Le nom éclaire tout à la fois le souvenir du père qui a refusé de lui donner le sien, et l’indifférence de Picasso qui balance, l’air de rien, que l’unique Marie-Thérèse n’existe plus. Elle a raison, ce nom a fait d’elle *carrément une étrangère*, une inconnue, jamais reconnue. Elle n’est plus que la génitrice de Maya, qui elle aussi porte encore le nom de Walter.

Elle va croiser Jacqueline Roque au moins encore une fois[91]. En août 1955. Comme tous les ans, Marie-Thérèse est en vacances à

Juan-les-Pins, désormais seule, sans sa fille. À bientôt vingt ans, Maya s'est rapprochée de sa famille paternelle en Espagne, et surtout de son père… Elle devient même une petite vedette, photographiée dans *Paris Match* avec la nouvelle tribu. Marie-Thérèse n'en tire aucune fierté, elle qui n'est encore jamais citée. Et même, elle s'en agace.

Mais, à l'occasion d'un séjour de Maya chez lui, Picasso a proposé à Marie-Thérèse, de passer les voir à La Californie, la nouvelle villa où il vit avec Jacqueline. Elle a dû mettre sa plus jolie robe. Et, à quarante-six ans, elle est restée si sportive qu'elle a grimpé en vélo, de Juan les Pins à ces hauteurs de Cannes, aussi facilement qu'autrefois elle pédalait jusqu'à Gisors.

Il est dix heures du matin, quand elle découvre, subjuguée, la nouvelle propriété : une immense maison blanche sur trois étages, avec de belles portes-fenêtres Art déco qui s'ouvrent sur la mer ou sur le parc, des corniches ouvragées, des balustres baroques, des balcons tarabiscotés, des miroirs, des cheminées, un parquet versaillais, une grille de château, une vue à couper le souffle… Rien à voir avec la bicoque de Vallauris qu'elle trouvait indigne de lui.

Dans le jardin planté d'eucalyptus et de palmiers, elle sourit, émue, en apercevant sa tête en bronze, de 1931, posée dans un bassin. Lui semble ravi de l'accueillir. Il demande même à Jacqueline de les laisser seuls. Et elle jubile en voyant *la personne* quitter l'atelier, les lèvres pincées.

Elle a sûrement pensé qu'ils allaient parler mariage, car Picasso est enfin veuf depuis la mort d'Olga il y a six mois. Et quelques semaines auparavant, par téléphone, il l'a testée pour savoir si elle accepterait de l'épouser. Bêtement, prise au dépourvu, elle a refusé, ne voyant dans cette proposition qu'une cruelle plaisanterie ou un tour de passe-passe, pour donner à Maya le nom de Picasso*. Elle en rêvait, certes, depuis si longtemps. Mais elle rêvait d'un mariage d'amour, pas d'un mariage blanc. Et tant pis si, par la même occasion, elle renonce à la promesse d'un héritage colossal. À la réflexion, elle a peut-être changé d'avis.

Le peintre la reçoit aimablement, d'abord seule, puis, en présence d'un photographe qui lui donne du « maestro » à tout bout de champ... Picasso essaie d'en plaisanter avec elle. Mais elle n'a pas le cœur à rire. « Il y avait mes larmes qui

* À l'époque, un homme marié ne peut reconnaître les enfants qu'il a eus hors mariage.

coulaient, qui coulaient… » Elle repart vers treize heures, sans même qu'il ne lui ait proposé… de rester déjeuner. Elle ne le reverra plus jamais.

30

J'ai fait une grosse bêtise

Elle lui envoie toujours, au moins une lettre par semaine. Mais combien de brouillons avant de la glisser dans l'enveloppe ? Et combien d'autres courriers qui finissent à la corbeille ? Il ne répond presque jamais, mais c'est sans importance. Elle est certaine qu'il pense à elle, puisqu'il continue à lui envoyer un chèque, tous les deux mois. Souvent, il est vrai, il faut le réclamer ! Mais c'est quand même gentil de sa part…

Elle n'a pas mis les pieds chez lui depuis 1955. Elle a de ses nouvelles par Maya, le plus souvent par la presse. Dans *Cinémonde*, elle a lu, *mon Dieu*, qu'il a reçu Brigitte Bardot à La Californie. Elle a dû rire en voyant les photos avec Gary Cooper, tous les deux en train de faire les zouaves avec des lunettes, un Stetson et un pistolet de cow-boy. *Quel apache quand même !* Elle a trouvé beaucoup moins drôle d'apprendre par la radio qu'il s'est marié avec la *personne, la petite Roque*, le 2 mars 1961, à Vallauris. « Il donne à cette femme le nom le plus cher du monde », a titré *Paris Match*. Elle aurait pu être cette femme-là... Elle, dont personne n'a encore jamais vu la photo !

Trois mois plus tôt, Maya leur fille s'est aussi mariée à Marseille, avec un officier de marine, un homme discret au regard doux. Comme si elle avait cherché l'exact opposé de son père. Dans la foulée vont naître deux premiers garçons, Olivier, puis Richard, qui appelleront leur grand-mère « Baba ». « Nos petits-enfants », dit-elle. Sans jouer les mamies gâteau, elle aime lui écrire ces mots-là, comme une façon de réunir leur famille.

Elle ne voit pas grand monde : sa sœur Geneviève, parfois Paulo, plus souvent Émilienne, son ex-femme, et ses enfants, Inès Sassier, l'ancienne gouvernante de la rue des Grands-Augustins. Elle ne veut plus entendre parler de Jeanne, dont elle jette les courriers sans même les ouvrir.

Depuis toujours, en secret, elle essaie d'écrire des poèmes. Elle en lit aussi, et quand elle est émue, elle recopie certains jolis passages dans ses lettres à Picasso. Celui-ci par exemple, d'un auteur inconnu :

Je dis que la main est redoutable
La main qui se lève pour les faux serments
La main qui frappe, la main qui tue
Je dis que la main est admirable
La main ouverte pour donner
La main offerte pour aimer
La main qui console
La main qui construit
La main qui se sert dans une autre main[92].

Picasso a sursauté avec « les faux serments », « la main qui frappe » et « qui tue ». Il s'est senti visé, injustement attaqué. Déjà furieux du livre de Françoise qu'il a tenté de faire interdir, il a piqué une colère noire, au point de menacer Marie-Thérèse de saisir un avocat[93].

On l'imagine terrifiée à l'idée d'un procès, mortifiée d'avoir pu blesser avec ces quelques mots cet homme qu'elle vénère autant. Alors, elle fond en larmes, elle dit qu'il a mal compris... Elle n'a jamais songé à le critiquer... Elle lui doit tant, elle lui doit tout... Mon cœur, mon amour, pardonne-moi... Mais quand Pic est en colère, il ne peut rien entendre. Il ne finira par abandonner ce projet ridicule de poursuites qu'au bout de quelques semaines, et après l'intervention, dit-on, d'« amis communs ».

J'en ai parlé à Roland Dumas, qui était à l'époque son avocat : il n'a aucun souvenir de cette histoire de poème alors qu'il se souvient encore précisément de tous les autres dossiers où il a défendu Picasso. Mais la biographe américaine Arianna Huffington a retrouvé la lettre dans les archives de Me Georges Langlois[94], qui conseillait Marie-Thérèse. « J'ai fait une grosse bêtise », aurait-elle dit à son avocat.

31

Souvenirs, souvenirs…

1969. Marie-Thérèse a bientôt soixante ans. La petite pension que lui verse encore Picasso (environ 1 200 nouveaux francs tous les deux mois*) ne lui suffit pas et elle a épuisé toutes ses économies. « Pourquoi ne vendrais-tu pas des tableaux ? » a suggéré sa fille.

Franck Perls, le grand marchand américain contacté par Maya, est venu spécialement de Los Angeles. Vu l'importance de l'affaire, il a proposé une association à son ami Heinz Berggruen. Et Marie-Thérèse les reçoit ensemble, chez elle à Paris, boulevard Henri-IV.

« Nous fîmes la connaissance, raconte Berggruen, d'une dame d'un certain âge, silencieuse

---

* Soit moins de 250 euros en équivalent pouvoir d'achat. Source Insee.

et discrète, dont les traits clairs soignés nous rappelaient comme dans un lointain souvenir la fraîcheur stimulante des portraits que Picasso avait peints dans les années 30[95]. » Ils s'étonnent en revanche de ne pas voir un seul tableau exposé dans son salon.

Elle disparaît alors dans la pièce à côté, et elle en revient avec un tas d'enveloppes : des dizaines de lettres de Picasso, déclarations d'amour passionnées. Innocemment, elle les étale sur la table, mais les prévient aussitôt : « Jamais je ne les vendrai ! » Devant les galeristes un peu gênés, elle ouvre délicatement une dernière pochette, dont le contenu semble plus précieux à ses yeux. À l'intérieur, des centaines de rognures d'ongles, qu'elle couve des yeux avec amour. « Il aimait que je lui coupe les ongles. Je le faisais une fois par semaine, et maintenant ce ne sont plus que, comment dirais-je... souvenirs, souvenirs. »

Mais les deux marchands ne sont là ni pour les lettres ni pour les reliques. Ils finissent poliment par s'enquérir des tableaux dont Maya leur a parlé. Marie-Thérèse leur explique les avoir laissés à la banque. Elle a d'abord préféré les rencontrer pour « faire connaissance » et elle leur donne rendez-vous le lendemain pour les leur montrer.

À l'heure dite, les chefs-d'œuvre sont là, sous les yeux ébahis des deux galeristes. Une vingtaine de toiles de petit format, des natures mortes et des portraits de Marie-Thérèse, « avec le même fil conducteur, la même joie de vivre éminemment sensuelle, la même intensité dans la puissance d'expression ». Aucun n'est signé, mais tous figurent dans le catalogue Zervos qui recense les œuvres, et compte tenu de leur provenance, leur authenticité ne fait aucun doute. Néanmoins, les deux hommes savent d'expérience que lorsque Picasso n'a pas signé un tableau, c'est qu'il considère en être toujours propriétaire, ou qu'il n'est pas terminé. Donc pour conserver de bonnes relations avec le peintre le plus puissant au monde, Perls et Berggruen proposent de tout embarquer à Cannes pour les lui faire signer.

Après les avoir fait attendre trois jours, Picasso les accueille chaleureusement sur le seuil de sa villa. Il est de très bonne humeur. Il plaisante à propos de l'énorme valise qu'ils trimballent et s'amuse à imaginer qu'ils ont l'intention de s'installer chez lui. Lorsque les deux marchands commencent à déballer les tableaux, il reconnaît sans l'ombre d'une hésitation qu'ils appartiennent à Marie-Thérèse. Il paraît fou de joie de les revoir, il demande des nouvelles de son ancienne compagne et il accepte volontiers de signer toutes les toiles… Quand tout à coup Jacqueline surgit, et s'énerve sans même saluer les galeristes : « Mais enfin Pablito, ces tableaux sont à toi ! [...] Simplement parce que tu as couché avec elle, elle s'imagine avoir un droit sur [ce] que tu as entreposé dans son appartement ! [...] Si elle a besoin d'argent, qu'elle aille travailler comme femme de ménage. » Jacqueline menace de confisquer les tableaux puis tourne les talons, et claque la porte de l'atelier, en criant « Basta ».

Perls et Berggruen en restent sans voix. Picasso s'excuse d'une « voix timide qu'ils ne lui connaissaient pas » : « Je suis désolé (...) Je sais que Marie-Thérèse a besoin d'argent. Mais que puis-je faire ? Jacqueline ne me le pardonnerait pas. Et après tout c'est avec elle que je vis maintenant. Prenez les tableaux, et allez-vous-en. » Les deux galeristes n'ont d'autre solution que de remballer les vingt toiles non signées dans leur valise pour les rendre à Marie-Thérèse.

Elle les a sûrement remerciés. Puis, après leur départ, elle s'est retrouvée seule, plantée devant ses tableaux. Seule face à Picasso qui la nie comme jamais. Elle ne demandait pourtant pas grand-chose, juste son nom dans un coin. Mais en refusant de signer, il refuse encore de la reconnaître. Elle reste clandestine, jamais authentifiée.

32

Graphisme courbe

Mon ami graphologue m'a rappelée assez vite après avoir analysé les lettres de Marie-Thérèse. J'ai pris des notes en l'écoutant, sidérée qu'il ait pu percevoir en quelques jours ce que j'ai mis des mois à formuler, en progressant comme à tâtons dans la pénombre.

« Jamais vu, m'a-t-il dit, une écriture aussi aquatique : un trait qui semble couler, glisser, tout en rondeurs, courbes, et vagues. Il faut toujours que ça tourne, les angles s'arrondissent, les traits se ramollissent, les lignes finissent par dégouliner pour ne pas couper le mot en deux. Quand elle signe, même le T majuscule de Thérèse serpente comme un F en hélice ou l'ouïe d'un violon. »

Étrangement, c'est ainsi qu'elle existe dans l'œuvre de Picasso : tout en rondeurs voluptueuses. Avant de porter son nom, la période s'intitulait « graphisme courbe ».

Serge Lascar y voit le signe d'une « personnalité malléable, réceptive, disponible, passive. L'absence de barres nettement verticales révèle une incapacité à trancher, rompre, partir, couper le cordon ».

Elle a une quarantaine d'années au moment où elle écrit ces lettres, mais pour lui, elle n'a pas grandi, elle n'est pas construite. « Passive », « naïve », « enfantine » sont les adjectifs qui reviennent le plus souvent. « Elle écrit, pense et réagit comme une enfant... » Exactement l'impression que j'avais en écoutant son interview...

Comme une enfant, elle peut passer de la tristesse à la joie en un instant. Comme une enfant, elle vit dans le déni, le rêve, avec des mécanismes de pensée magique. Elle ferme les yeux pour ne pas voir. J'ai eu quelques fois l'impression qu'elle mentait à Pierre Cabanne ou qu'elle enjolivait son quotidien dans ses lettres à Picasso. « Elle se ment plus qu'elle ne ment, pour éviter d'affronter la réalité. »

En amour, elle a besoin d'une relation fusionnelle. « Elle doit aimer une sorte de papa. Elle recherche le plaisir, le plaisir immédiat. Elle n'est sûrement pas très maternelle, incapable de vraiment considérer l'autre.

Elle s'accommode de tout. Elle doit avoir des habitudes, des rituels, des manies qui l'aident à surmonter le vide et le temps qui passe, éviter de souffrir. »

Elle peut « paraître mystérieuse », car ses réactions de femme enfant sont parfois décalées, imprévisibles, originales. Elle doit produire une impression de liberté tant elle est spontanée, instinctive, tant elle parle sans filtre, souvent sans réfléchir. Mais « elle a un enfant dans la tête », insiste le graphologue.

Serge Lascar s'est aussi penché sur l'écriture de Jeanne. Il a noté quelques points communs entre les deux sœurs, une tendance notamment à se rêver d'autres vies, et un sentiment maternel assez peu développé. Mais Jeanne est « plus structurée, plus raisonnable, plus mûre, plus obstinée aussi ». Ses lettres révèlent une assez haute opinion d'elle-même. Son métier a dû lui donner de l'assurance. Et « elle s'auto-suffit ». Elle est si sûre d'elle, elle n'a pas besoin que les autres confortent ses certitudes.

« Si l'on devait résumer, conclut Serge Lascar, l'écriture de Jeanne, à l'âge adulte, reste celle d'une adolescente assez fleur bleue qui par romantisme est capable de s'inventer des histoires. »

J'ai rappelé Suzanne. L'analyse graphologique l'a d'abord agacée. Mais elle a fini par admettre que « Jeanne pouvait en effet parfois donner l'impression d'enjoliver ses récits. Mais avec un tel charme… »

33

L'armoire à secrets

Marie-Thérèse a fini par quitter Paris en 1970, pour définitivement s'installer sur la Côte d'Azur. Le loyer du grand appartement du boulevard Henri-IV devait lui coûter trop cher et elle n'avait plus aucune raison d'y rester.

Étrangement, elle a choisi Menton, à presque deux heures de chez Picasso. À moins qu'il n'ait lui-même imposé ce petit port excentré, pour la tenir à distance. Difficile d'aller plus loin en suivant le littoral, ou alors c'est l'Italie : le poste frontière est d'ailleurs à cent mètres de chez Marie-Thérèse.

Elle a emménagé dans une petite maison toute simple, accrochée à une colline abrupte, face à un ravin planté de pins parasols, d'agaves, d'orangers et de citronniers. Et la Méditerranée à perte de vue. Une certaine idée du paradis… Elle y vit entourée de souvenirs, mais sans un seul tableau, seulement des reproductions. Et dans sa chambre, un immense portrait de Picasso auquel elle écrit encore plusieurs fois par semaine.

Lydia Gasman a été la première à lui rendre visite à Menton. Cette universitaire américaine, qui a fui la Roumanie communiste, est à la fois artiste et historienne d'art. Elle enseigne au Vassar College dans l'État de New York et prépare une thèse consacrée à Picasso. Elle a l'insistance des Américains, la rage des migrants, l'obstination des chercheurs et un charisme hors du commun. À la recherche de Marie-Thérèse, elle a fait tous les hôtels du coin, embobiné les concierges, appelé, rappelé, soudoyé peut-être. Elle aurait gagné un temps considérable en ouvrant simplement l'annuaire. Et c'est d'ailleurs ce qu'a dû faire le concierge qui a trouvé son adresse : Menton, Walter Mme, 69 villa Sud Pré, Garavan, 93 35 72 15.

La faire parler n'a ensuite été qu'une formalité : il a suffi à Lydia Gasman de jurer qu'elle n'était pas journaliste, et promettre que sa thèse[96] ne serait lue que par des professeurs, des historiens d'art et des étudiants américains. Marie-Thérèse a été si flattée d'entrer ainsi à l'Université qu'elle ne s'est pas méfiée. Heureuse de rompre sa solitude, elle s'est livrée sans crainte…

Et Lydia Gasman, qui parle français couramment, lui a fait ouvrir son armoire à secrets au-delà de l'imaginable.

Quelles questions a-t-elle dû formuler pour obtenir des réponses aussi indiscrètes sur la sexualité, les pratiques de Picasso, ses demandes sadomasochistes ? Elle n'en aurait pas osé le dixième avec Dora Maar ou Françoise Gilot, des femmes au caractère plus trempé, artistes, intellectuelles. Mais on se permet tout avec Marie-Thérèse !

Imaginant qu'elle papote avec une amie, elle déballe comme toujours ses lettres, ses photos, ouvre son intimité. Sans comprendre que Gasman a une grille de lecture très particulière : elle veut absolument la comparer à la Lolita de Nabokov et grossir le trait du pervers. Marie-Thérèse se laisse entraîner. Elle avoue qu'elle le considère à la fois comme un amour et un père. Elle va jusqu'à le traiter de diable. Et au bout de quelques heures, elle finit par demander à l'historienne d'art s'il est vraiment un grand peintre[97]. L'autre a dû sourire avec condescendance, lui répondre comme à une enfant et enchaîner d'autres questions.

Elles se sont vues deux fois, fin décembre 1971 et début janvier 1972, avec même le projet d'un livre. Puis, Marie-Thérèse a subitement eu peur d'avoir été très imprudente. Et elle a paniqué, comme une gamine qui meurt de trouille à l'idée de se faire gronder : « Les souvenirs de ma vie avec Pic, il ne faut pas en parler. Vous savez bien pourquoi », écrit-elle affolée quelques jours après leur dernier entretien. L'Américaine a dû essayer de la rassurer et promettre de ne rien divulguer du vivant de Picasso.

Sa thèse[98] n'a en effet été soutenue que six ans après le décès du peintre. Aucun éditeur n'a jamais publié cette somme de plus de deux mille pages. Mais des dizaines d'auteurs, dont je suis, l'ont consultée sur microfiches et se sont délectés des détails les plus croustillants, en faisant mine de s'intéresser aux longues démonstrations érudites sur l'influence surréaliste.

34

Vauvenargues

Une tempête de neige en Provence en plein mois d'avril. De mémoire d'anciens, à Vauvenargues, cela ne s'est produit qu'une seule fois : au printemps 1973, le jour où la dépouille de Picasso a été transportée de Mougins au Château. Il aurait sûrement adoré l'idée que sa disparition s'accompagne d'intempéries exceptionnelles, et l'image de la Sainte-Victoire enneigée comme un dernier clin d'œil à Cézanne.

Marie-Thérèse n'avait pas vu Picasso depuis au moins quinze ans. Mais, selon sa famille, elle l'aurait appelé une semaine avant son décès. Et au téléphone, elle disait l'avoir trouvé fatigué.

Le 8 avril 1973 à 11 heures du matin, le plus grand peintre du XXe siècle s'est éteint, à 91 ans, des suites d'une embolie pulmonaire, chez lui, à Mougins, entouré de son épouse et de son cardiologue.

C'est sa sœur Geneviève qui l'a prévenue, après avoir entendu la nouvelle à la radio. Marie-Thérèse téléphone immédiatement à Maya. Puis, perdue, elle se cogne au vide et au silence. Ce sont des moments où l'action, les formalités, sont des bouées qui vous épargnent la noyade. Mais elle n'a rien à faire. Personne n'a besoin d'elle... Alors, elle s'agite en vain dans sa petite maison de Menton. Elle écrit une première lettre à Paulo, pour lui présenter ses condoléances, une autre à Miguel Montanès, secrétaire de Picasso depuis le départ de Sabartès. Elle le remercie pour tout, comme si elle était sa veuve. Dans le chagrin immense qui l'envahit, elle ne sait plus exactement où est sa place.

Geneviève a dû sauter dans le premier train pour Nice, pour ne pas la laisser seule. Inquiète, elle la regarde, tantôt prostrée, tantôt fébrile. Je l'imagine qui allume la radio, la télé, ou descend au port acheter *Nice Matin*. Si elle s'écoutait, elle partirait sur-le-champ... Mais elle sait bien que Jacqueline ne la laisserait jamais entrer chez elle à Mougins.

Deux jours plus tard, le journal télévisé annonce que le corps a été transporté au château de Vauvenargues. Elle comprend que les obsèques auront lieu là-bas. Elle imagine qu'elle pourra au moins assister à l'enterrement, de loin, discrètement.

Elle a dû partir tôt pour arriver vers midi, bravant la neige et le verglas, seule avec sa sœur aînée, au volant du vieux cabriolet qu'il lui avait offert avant-guerre. Ni les badauds ni les journalistes ne prêtent attention à ces deux dames d'un certain âge qui patientent en silence devant les grilles du château. S'ils savaient qui elle est, tous les micros lui seraient tendus. Mais Marie-Thérèse a l'habitude de n'être pas reconnue…

Elle a dû hésiter, elle qui n'ose jamais s'imposer si elle n'est pas invitée, mais elle a fini par sonner. « J'ai demandé à les voir, on m'a mise dans le jardin. Il est venu un gendarme avec le jardinier. Ils m'ont dit qu'ils avaient tant de peine qu'ils ne pourraient pas me recevoir, et qu'on m'écrirait… »

La bâtisse du XVIe siècle n'a jamais aussi bien porté le nom de forteresse. Jacqueline n'a laissé entrer que Paulo, le fils aîné, le seul enfant légitime, deux amis, Louise et Michel Leiris, un couple d'éditeurs espagnols, et le jeune avocat dont il s'est entiché depuis sept ou huit ans, Roland Dumas. Selon lui, Picasso n'a laissé aucune indication précise sur le déroulement de ses obsèques : « Superstitieux jusqu'au bout, il refusait d'envisager sa mort ou de prévoir un testament, alors son enterrement, n'en parlons pas ! » Jacqueline aurait donc simplement adapté aux obsèques les consignes qu'il donnait de son vivant pour limiter les visites.

Roland Dumas revoit encore le cercueil « déposé sur un catafalque dans la salle de garde où il faisait un froid glacial… » Il se souvient de Jacqueline en larmes, enroulée dans une grande cape noire, « qui courait d'une pièce à l'autre, comme perdue sans son soleil[99] ». Mais il n'a su que plus tard que Marie-Thérèse avait été refoulée.

« Ma fille Maya est à l'intérieur, vous lui direz bonjour de la part de sa maman », dit-elle au jardinier qui gentiment l'éconduit. Mais non, elle se trompe… Pas plus Maya que Claude ou Paloma n'ont pu approcher leur père une dernière fois. Les trois enfants illégitimes sont allés déposer leurs fleurs au cimetière du village, pendant que leur père était enterré dans le parc du château.

Marie-Thérèse, évidemment, n'a pas protesté. Elle est résignée depuis bien longtemps à la place qui lui est imposée.

« Et puis voilà… Après je suis repartie. Et le drame a continué… »

Elle a dû lire avec émotion, plus tard dans *Paris Match*, que *La Femme au vase*, l'une des sculptures dont elle a été le modèle, a été scellée sur sa tombe. C'est bien une preuve d'amour, non ?

Toujours ce grand malentendu. Rien ne dit qu'il a pensé à elle en souhaitant que ce bronze veille sur lui après sa mort. Pour ne pas blesser Jacqueline, il a sûrement affirmé qu'il choisissait l'œuvre, pas le modèle. « Les femmes passent, l'œuvre reste », disait Sabartès qui le connaissait mieux que personne... On peut supposer qu'il fait le choix aussi de la période de création éblouissante qu'il préfère parmi toutes, et d'un moment de plénitude dont il se souvient avec bonheur. Accessoirement, il songe avec tendresse à cette jeune ingénue dont il a pillé la vie... Mais sous *La femme au vase* c'est Jacqueline qui, depuis son suicide en 1986, repose à ses côtés.

35

Une collection

Elle a fini par vendre deux tableaux, en catastrophe, et seulement pour payer les frais d'hôpital de Pablito, le petit-fils de Picasso et d'Olga, qu'elle considère un peu comme le sien.

Après la mort de son grand-père, le jeune homme de 24 ans n'a pas supporté de se voir lui aussi refuser l'accès à sa dernière demeure. Jeté à la rue comme un malotru par le gardien et ses chiens, il est rentré chez lui et il a ingurgité une dose d'eau de Javel pure.

« La malédiction Picasso », titre la presse qui cherche l'emphase et construit la légende... On devine surtout le désespoir d'un gamin, fragile et toxicomane, qui vit dans le dénuement et n'en peut plus d'être nié, refoulé jusque dans la mort, par un grand-père égoïste et richissime dont il porte le prénom et le nom, si lourds à trimbaler.

Transporté en urgence à l'hôpital d'Antibes, Pablito agonisera trois mois dans de terribles souffrances. « J'ai voulu imploser, détruire de l'intérieur toute notre souffrance », confie-t-il à sa sœur avant de mourir en juillet, ignoré par son propre père après l'avoir été par son grand-père...

« Seule Marie-Thérèse s'est approchée de nous avec beaucoup de gentillesse et de générosité, raconte Marina. Elle est venue voir ma mère et lui a dit : "J'ai deux tableaux de Picasso, je peux essayer de les vendre[100]". » Cet argent permet aussi de payer les obsèques de Pablito, à Cannes, auprès de sa grand-mère Olga.

Dans la foulée, Marie-Thérèse a encore vendu d'autres œuvres. Son avocat et ceux de Picasso avaient fini par se mettre d'accord pour ne pas en contester sa propriété. Et après la mort de Picasso, l'absence de signature ne gênait plus personne. Jan Krugier, un galeriste suisse, a même pu organiser en décembre 1973 une très belle exposition des tableaux de Marie-Thérèse, intitulée « Une collection ». Toujours pas son nom à l'affiche, seulement dans la préface.

Les visiteurs ont découvert à Genève bien plus que la vingtaine de tableaux qu'Heinz Berggruen et Franck Perls avaient tenté de faire signer à Picasso : des huiles, des gouaches, deux autoportraits, des dessins, des collages, des découpages, des galets gravés, le moulage en bronze de la main du peintre, le manuscrit original de sa pièce *Le Désir attrapé par la queue* et le fameux carnet bleu que Marie-Thérèse appelait l'« album pour rire ». Le catalogue[101] réunit cent vingt-neuf pièces qui, certes, ne sont pas toutes à vendre. Étrangement, elle ne possédait aucune œuvre du début des années 30, aucun tableau notamment de la période la plus heureuse, la plus érotique, celle qui porte son nom. Rien n'est signé, mais tout est daté. Quelques natures mortes du Tremblay, des portraits de Royan, comme celui de la grand-mère, Émilie-Marguerite. Paradoxalement, cet ensemble raconte surtout la passion d'un père pour sa fille, leur complicité, le temps passé à la dessiner, l'amuser avec des croquis ou des découpages. Marie-Thérèse existe au fond assez peu dans sa propre collection…

Après cette exposition, elle se retrouve à la tête d'une petite fortune. Deux ans plus tard, la jeune Marina Picasso, héritant à son tour de son père Paulo, a pu lui rembourser la somme offerte pour les soins de son frère. « Maintenant que tu es libre, lui répond Marie-Thérèse, et puisque tu me demandes ce qui me ferait plaisir, en échange de ce que j'ai fait pour toi et Pablito, achète-moi un hélicoptère[102]... » Déroutée, Marina préfère imaginer « que cet hélicoptère était une boutade. Ou alors de la pudeur. Une pudeur extrême »...

Elle plaisante, ou elle divague... Grisée, elle se met à dépenser sans compter et sans contrôler. Elle n'a aucune notion de l'argent qu'elle n'a jamais gagné. Alors elle se croit riche, et pour toujours. Elle distribue à tous ceux qui sollicitent un coup de pouce, un prêt, un cadeau. Elle paie « un café à celui-ci, une voiture ou un voyage à l'autre, ou règle une opération de chirurgie esthétique[103] », croit savoir Olivier, le fils aîné de Maya. Elle s'achète ainsi des amitiés volatiles qui souvent disparaîtront quand elle n'aura plus les moyens d'être aussi généreuse.

C'est en visitant l'exposition de Genève que Pierre Cabanne a eu l'idée de l'interviewer. Il a eu du mal, lui aussi, à trouver son adresse. Non qu'elle se cache – elle est toujours dans l'annuaire – mais les amis de Picasso s'acharnent à brouiller les pistes, craignant qu'elle n'aille raconter, selon eux, n'importe quoi.

Si le peintre avait été encore vivant, Marie-Thérèse n'aurait jamais osé accepter cet entretien. Mais le grand critique a su y faire... Il a dû la flatter, et lui parler comme à une petite fille qu'on veut embobiner. Et elle s'est plu à l'idée de subitement devenir presque une vedette et raconter sa vie à la radio.

À la même période, le fameux médecin canadien, le docteur Herbert Schwarz, a réussi aussi à lui rendre visite. Il n'est pas encore obsédé par la date de sa rencontre avec Picasso, donc il n'en parle pas. Au printemps 74, il bataille plutôt pour faire authentifier un tableau qui visiblement est un faux. Marie-Thérèse n'a aucun avis sur la question, ni aucune information, mais elle profite de l'occasion pour partager encore ses souvenirs. Comme chaque fois qu'elle reçoit un visiteur, elle ressort ses photos, étale quelques lettres et les rognures d'ongles.

Au docteur Schwarz, elle confie qu'elle vient d'acheter une maison à Juan-les-Pins. Elle semble heureuse de bientôt déménager ; elle aura un grand jardin et de la place pour ses colombes. Juan-les-Pins, c'est toute sa vie... Ses vacances avec Picasso, puis avec Jeanne, Maya.

Herbert Schwarz est venu accompagné d'un couple de photographes : Luc et Lala Joubert, qui travaillent dans le monde de l'art. On leur doit la dernière photo connue de Marie-Thérèse, reproduite dans le livre du Canadien.

Elle n'a que soixante-quatre ans mais son visage en paraît bien davantage. Sous les effets conjugués du soleil et du chagrin, elle est fripée comme une vieille pomme. Elle a gardé les joues rondes de la muse éblouissante des portraits des années 30, et les cheveux coupés au carré, toujours blonds, mais d'un blond délavé, comme celui des Scandinaves qui avec l'âge se dilue. Elle a noué un foulard de soie autour du cou pour paraître plus élégante. Elle esquisse un sourire mais n'y parvient pas vraiment.

36

J'en ai assez de tout

Elle a dû quitter Menton en 1975, pour s'installer à Juan-les-Pins. Une partie de l'argent des tableaux lui a permis de s'offrir La Lusitane, au numéro 7 de la rue Albany : une villa modeste, construite après-guerre, avec un petit jardin où poussent un palmier, un laurier-rose, un oranger, quelques plantes de rocaille, et un bougainvillier qui s'accroche au balcon. Au bout d'une petite allée en gravier qui mène à la cuisine, elle a fait installer une volière pour ses colombes. Ce quartier, calme et résidentiel, lui permet d'être à la fois proche de la plage et de la pinède... Mais revenir à Juan-les-Pins, c'est surtout se lover dans la douceur âcre de ses souvenirs, vivre avec son fantôme, croiser partout les affiches de son musée d'Antibes, ses photos, ses yeux noirs qui la fixent et la font toujours chavirer : *mirada fuerte !*

La rue Albany est à quatre minutes à vélo seulement de la villa Sainte-Geneviève où ils avaient séjourné après la naissance de Maya, et où elle a le sentiment que tout a basculé. Elle doit y passer parfois, comme en pèlerinage, pour essayer de comprendre.

Son dernier coup de fil a été pour Inès, la gouvernante de Picasso à Paris sous l'Occupation, qui vit désormais à Mougins et dont elle est restée proche. Elle appelait pour la voir de toute urgence « sur un sujet important ». Mais Inès, dont le mari était souffrant, n'a pu se libérer.

Selon *Nice Matin*, « c'est un ami qui a donné l'alerte ». Deux articles seulement, sans photo, ni tableau. Le premier, à la une, le 22 octobre 1977, révèle le suicide de « celle qui fut la compagne de Picasso », retrouvée pendue dans son garage. Le second, le lendemain, annonce en pages intérieures des « obsèques dans l'intimité ».

J'ai voulu voir sa maison pour imaginer sa vie. L'actuel propriétaire, m'apercevant dans la rue, m'a fait entrer puis entraînée chez Joseph, le voisin qui à l'époque avait donné l'alerte.

« Vous savez que je l'ai dépendue », précise en m'accueillant cet ancien garagiste. Joseph habite encore au coin de la rue. Et de son balcon, on aperçoit toujours le portail de La Lusitane.

En vérité, il n'était pas vraiment un ami. Simple relation de voisinage. Il la voyait passer à vélo, toujours souriante, toujours aimable, et parfois ils échangeaient quelques mots. Il se souvient d'une femme discrète d'une soixantaine d'années, en pleine forme physique, jamais essoufflée quand elle pédalait dans la rue qui monte jusqu'à leurs maisons. Elle se plaignait parfois d'une trop grande solitude. Mais depuis des semaines, il avait surtout remarqué « un incessant va-et-vient chez elle, toujours des hommes, assez pauvrement vêtus ». Le jeudi 20 octobre 1977, l'un de ces individus, qu'elle aidait peut-être financièrement, est encore passé. Mais le portail, généralement ouvert dans la journée, était verrouillé. L'homme a sonné, tambouriné si fort que Joseph est sorti sur son balcon. Il l'a surveillé jusqu'à ce qu'il reparte, craignant un cambriolage. Puis poussé par un étrange pressentiment, il est descendu lui aussi sonner chez Marie-Thérèse. Elle aurait très bien pu être partie en voyage, mais, sans réponse, il a préféré appeler le commissariat. Il a ensuite escaladé le portail avec les policiers, et il l'a retrouvée pendue : non pas dans son garage, comme l'écrit le journal, mais dans sa cuisine, au rez-de-chaussée de la villa.

Un geste décisif, irrémédiable, et soigneusement prémédité. Elle y pensait peut-être depuis la mort de Picasso, ou son retour à Juan-les-Pins, cernée par son fantôme. Longtemps sa vie n'a tenu qu'au fil fragile des lettres qu'elle lui écrivait, illusion d'un dialogue. Ce fil était rompu depuis quatre ans… Même si parfois, elle devait imaginer lui parler, ou peut-être lui écrire. Elle avait toujours dans sa chambre ce grand portrait de lui, et, sur une table, le moulage de sa main.

Maya, qui vit alors à Marseille, est arrivée très vite, accompagnée de son amie avocate. La police a posé ses questions basiques : problème de santé ? Souci d'argent ? Non, rien de tout cela, leur a-t-elle répondu. Que peut-on raconter aux policiers penchés sur le corps de sa mère ?

Marie-Thérèse a laissé à sa fille une courte lettre d'adieu, pour lui demander pardon et formuler ses dernières volontés : être enterrée avec son armoire à secrets. La police aurait conservé cette lettre et personne n'en a plus jamais parlé[104].

Plus surprenant, les policiers ont retrouvé sur la table de la cuisine huit autres enveloppes, adressées à huit personnes différentes. Moins d'un tiers des suicidés laissent un message à leurs proches. Un seul en général. Une telle correspondance est rarissime, m'a confirmé un psychiatre !

Elle a sûrement écrit à sa sœur aînée Geneviève, à son frère, à Inès Sassier, son amie… Selon son petit-fils, la plus longue de ces lettres (neuf pages !) était destinée à Marina, la fille de Paulo, la sœur de Pablito... Mais il en manque encore quatre. Peut-être les propriétaires de l'hôtel mitoyen, qui la connaissaient bien, un commerçant, des personnes qu'elle aidait... Elle est bien capable d'avoir expliqué un geste aussi intime à de simples relations. Aurait-elle aussi fini par écrire à Jeanne ? Lui dire que tout était pardonné ? Ou que plus rien n'avait d'importance ? Dans l'une des lettres, que cite le journaliste de *Nice Matin,* Marie-Thérèse aurait confessé : « J'en ai assez de tout. »

Tout suicide est un mystère. Depuis la mort de Picasso, « elle évoluait dans une situation irréelle, sans lendemain[105] », formule avec pudeur son petit-fils Olivier. Elle a perdu évidemment sa principale raison de vivre. Elle espère peut-être le rejoindre... Mais au-delà de Picasso, on peut imaginer aussi qu'elle se pend comme elle étouffe, dans l'angoisse, la solitude et la peur du lendemain... Financièrement, elle a récemment tant dépensé que le fisc lui demande des explications, elle est submergée par les courriers, les relances. Elle se sent probablement oppressée aussi par tous ces gens qui défilent pour lui demander de l'argent. « J'en ai assez de tout. » Ce jour-là, Picasso n'est plus forcément tout pour elle.

Un suicide s'accompagne toujours d'une enquête judiciaire. Celle-ci sera très longue, sans doute parce que Joseph a témoigné de ces étranges visiteurs... Dans un premier temps, le cercueil de Marie-Thérèse est placé au dépositoire du cimetière de Rabiac. Cérémonie sous la pluie, en catimini, comme elle a vécu : Maya, son avocate, son notaire, Geneviève, la sœur aînée de Marie-Thérèse, le frère, réapparu subitement pour réclamer sans raison une part d'héritage, et quelques journalistes locaux... Dans la foulée, Joseph se souvient d'un camion de transport de fonds, escorté par des agents de sécurité armés, venus vider sa maison des quelques Picasso qu'elle possédait encore. C'est ainsi que la plupart des voisins ont appris l'importance de cette femme si discrète dans l'œuvre et la vie du peintre.

Huit mois plus tard, le 13 juin 1978, elle est enfin inhumée, dans le nouveau cimetière d'Antibes. Et ils sont encore moins nombreux autour de son caveau.

Elle a eu deux vies, la sienne et celle que lui confère l'œuvre de Picasso, elle aura deux enterrements, toujours dans l'intimité. Marie-Thérèse repose désormais derrière un bosquet d'arbres et de buissons touffus, bien à l'abri des regards, comme la belle au bois dormant qu'elle a été à sa façon. Seule sa pierre tombale est spectaculairement sculptée. Maya a fait graver quatre grandes lettres enchevêtrées : P-M-T-W, qui rappellent les monogrammes des tableaux cubistes, ou le dessin d'un vase de 1939. Et comme calligraphié à la main : « La plus belle fleur », Marie-Thérèse Walter, 1909-1977.

« La fleur la plus belle de l'amour », lui avait écrit Picasso...

La tombe paraît entretenue, quelqu'un doit au moins passer ramasser les feuilles mortes. Mais après avoir vécu dans l'ombre, elle reste une morte planquée. On l'espère apaisée.

« Quarante-sept ans après votre rencontre, y a-t-il une chose que vous regrettez », lui demandait Pierre Cabanne.

« Absolument rien, absolument rien du tout... Il nous a bien élevés. Je ne connaissais rien de l'existence, il a eu bien raison d'être très prudent avec moi. »

Épilogue

J'ai rappelé Suzanne en rentrant de Juan-les-Pins. Et nous nous sommes retrouvées dans notre café habituel.

Je lui ai montré les photos de la tombe de Marie-Thérèse, celles de sa dernière maison, rue Albany, les coupures de presse de *Nice Matin*. J'ai bien vu qu'elle les regardait distraitement. Comme si en insistant sur Marie-Thérèse, j'empruntais un chemin qui n'était pas celui qu'elle aurait voulu tracer pour moi.

Lors de notre premier rendez-vous, j'avais déjà essayé de comprendre l'intérêt elle avait à m'aider. J'ai formulé ce jour-là ma question différemment. Pourquoi vouloir absolument faire exister Jeanne ? Picasso disait : « Les questions vous incitent à mentir, surtout quand il n'y a pas de réponse. » Non, Suzanne, n'esquivez plus.

« J'avais dix-neuf ans quand j'ai rencontré Jeanne. Vous n'imaginez pas l'influence qu'elle a eue sur moi. Je pourrais presque dire qu'elle m'a sauvé la vie. Alors, je paye peut-être une sorte de dette : Je veux lui rendre la place qui est la sienne dans l'œuvre de Picasso. Je veux qu'on la reconnaisse sur les tableaux. Ni plus ni moins. »

N'imaginez pas que vous puissiez jamais prendre ma place, répondrait Marie-Thérèse.

Remerciements

Je tiens avant tout à remercier *Suzanne* pour son aide et sa confiance. Ainsi qu'Hélène Zinc, Yves Brocard et Serge Lascar sans lesquels Marie-Thérèse serait restée inaudible.

Merci à Delphine Huisinga, Paul Audi, Marie Laure Bernadac, Laurent le Bon, Sylvette David, Marcel Fleiss, Aube Elléouët-Breton, Roland Dumas, Jean Marc Scanreigh, Gwen Strauss, Charlotte Quiblier et Violette Andrès, Francois Buot, Henri Behar, Martin Tzara, Alashair Mac Gregor-Hastie, Luc Archambault, au Québec, et Anne Berest.

Merci à Maude Julien et Heidi Beroud, qui m'ont éclairée sur l'emprise, Anne-Claude Ambroise Rendu et Cécile Guidot sur les questions de droit.

Je tiens à remercier aussi tous ceux qui m'ont guidée : Gérard Dufaud à Royan, Elsa Leborgne à Dinard, Joseph Salerno et Andrew Gray à Juan les Pins, Calou au Tremblay, Yves Kinossian aux archives départementales des Alpes maritimes.

Merci à mon amie Cyrille Morvan.

Hommage à Pierre Cabane, Jaime Sabartès, Pierre Daix, Roland Penrose, Lydia Gasman, et John Richardson.

Merci à mon éditeur Manuel Carcassonne, plus précieux que jamais, et mon éditrice, Émilie Pointereau.

Et merci à Thierry Demaizière sans qui je n'irai jamais si loin.

Notes

1. Françoise Gilot, *Vivre avec Picasso,* Calmann-Lévy, 1965.

2. John Richardson, catalogue de l'exposition « Amour fou », galerie Gagosian, New York 2011.

3. Pierre Cabanne, *Le Siècle de Picasso*, Denoël, 1975.

4. Le plus souvent rédigés par sa petite-fille, Diana Widmaier-Picasso, historienne d'art, devenue la meilleure spécialiste de cette « période ».

5. Roland Penrose, *Picasso,* Flammarion, 1982.

6. Patrick O'Brian, *Pablo Ruiz Picasso*, Gallimard, 1976.

7. Propos tenus au critique d'art Tériade, *L'Intransigeant*, 15 juin 1932.

8. Antonia Vallentin, *Picasso*, Albin Michel, 1957.

9. Françoise Gilot, *Vivre avec Picasso*, *op. cit.*

10. *Life*, spécial Picasso n° 26, 27 décembre 68 (entretien de Barrey Ferrel).

11. Lydia Gasman, *Mystery, Magic and Love in Picasso*, 1925-1938 : Picasso and the surrealist poet, Columbia University, 1981.

12. Hugues Nancy et Olivier Widmaier-Picasso, *Inventaire d'une vie*, DVD Arte éditions, 2013.

13. Pierre Cabanne, *Le Siècle de Picasso*, *op. cit.*

14. *Id.*, *L'Œil*, n° 226, « Picasso et les joies de la paternité », 1er mai 1974.

15. David Gilmore, *Étude sur le machisme andalou*, cité par John Richardson, *A life of Picasso, Volume III, The triumphant Years 1917-1932*, Pimlico, 2009.

16. Herbert T. Schwarz, *Picasso and Marie-Thérèse Walter. 1925-1927*, Éditions Isabeau Inc. Québec, 1988.

17. Ann Mary Caw, *Les Vies de Dora Maar*, Thames Hudson, 2000.

18. John Richardson, *A life of Picasso*, volume III, *op. cit.*

19. Pierre Daix, *Le Nouveau Dictionnaire Picasso*, Robert Laffont, 2012.

20. Diana Widmaier-Picasso, « Picasso and Marie-Thérèse Walter : Erotic Passion and Mystic Union », *Picasso : The Artist and his Muses*, Vancouver Art Gallery, 2016.

21. Pablo Picasso, *Écrits. 1935-1959*, Gallimard, 1989.

22. Brassaï, *Conversations avec Picasso*, Gallimard, 1964.

23. Jaime Sabartès, *Picasso, portraits et souvenirs*, École des Loisirs, 1996.

24. Lydia Gasman, *Mystery, Magic and Love in Picasso*, *op. cit.*

25. *Ibid.*

26. Interview de Pierre Cabanne, France Culture, émission citée.

27. Jean Renoir, *Pierre Auguste Renoir, mon père*, Hachette, 1962.

28. Caroline Eliacheff, *Les Vies d'Olga*, catalogue de l'exposition Olga, Musée Picasso, Paris 2017.

29. John Richardson, *Picasso*, volume III, *op. cit.*

30. Confidence à Anaïs Nin, dans son journal de 1945 (citée par Pierre Daix, *Le Nouveau Dictionnaire Picasso*, *op. cit.*).

31. Roland Penrose, *Picasso*, *op. cit.*

32. Lydia Gasman, *Mystery, Magic and Love in Picasso*, *op. cit.*

33. Diana Widmaier-Picasso, « Marie-Thérèse Walter and Pablo Picasso. New Insights into a Secret Love », *in Pablo Picasso and Marie-Thérèse Walter. Between Classicism and Surrealism*, Munster, Graphikmuseum Pablo Picasso, Bielefeld, Kerber Verlag, 2004.

34. André Breton, *Les Enfers artificiels*, 1921, dans les œuvres complètes, Gallimard, vol. 1, 1988, page 625.

35. Pierre Daix, *Le Nouveau Dictionnaire Picasso*, *op. cit.*

36. John Richardson, *A life of Picasso*, volume III, *op. cit.*

37. Pablo Picasso, lettre à Marie-Thérèse Walter, 12. Oktober 1929, Familienarchiv Maya Widmaier-Picasso, Diana Widmaier-Picasso, catalogue expo Allemagne.

38. Pierre Cabanne, *Le Siècle de Picasso*, tome II, *op. cit.*

39. Vénus s'épilait-elle la chatte : http://www.slate.fr/audio/venus-sepilait-elle-la-chatte/episode-7-picasso-separer-lhomme-de-lartiste

40. Maude Julien, *Derrière la grille*, éditions Stock, 2014.

41. Brassaï, *Conversations avec Picasso*, *op. cit.*

42. « Picasso l'étranger », Musée national de l'histoire de l'immigration, du 4 novembre 2021 au 13 février 2022.

43. Roy MacGregor-Hastie, *Picasso's women*, Headline Book Publishing, 1989.

44. *Ibid.*

45. *Ibid.*

46. John Richardson, *A life of Picasso*, volume III, *op. cit.*,

47. Interview accordée au journal espagnol *Ahora* citée dans le catalogue d'exposition « Picasso 1932 », musée Picasso et RMN, 2017.

48. Pierre Cabanne, France Culture, *Présence des arts*, avril 1974.

49. Courrier à Michel Leiris.

50. Kamel Daoud, *Le Peintre dévorant la femme*, « Ma nuit au musée », Stock, 2018.

51. Citées dans le catalogue d'exposition « Picasso 1932 », *op. cit.*

52. Catalogue Gagosian, *op. cit.*

53. Pablo Picasso, *Écrits*, *op. cit.*

54. Pierre Cabanne, *Le Siècle de Picasso*, tome II, *op. cit.*

55. Paul Audi, *Jubilations*, Christian Bourgois, 2009.

56. Caroline Eliacheff, France Culture, « La grande table », Dans les yeux d'Olga, 10 mai 2017.

57. Olivier Widmaier-Picasso, *Picasso portrait intime,* Albin Michel, 2013.

58. Roy MacGregor-Hastie, *op. cit.*

59. François Buot, *Tzara*, Grasset, 2002.

60. John Richardson (avec Ross Finocchio et Delphine Huisinga), *A life of Picasso*, volume IV, Alfred A. Knopf, 2021.

61. David Douglas Duncan, *Les Picassos de Picasso,* Edita s.a., 1960.

62. Confidence de Maya à Gérard Dufaud, *Picasso, un réfugié à Royan*, Comedian, 2012.

63. Pablo Picasso, *Écrits*, *op. cit.*

64. Entretien avec l'auteur.

65. Jaime Sabartès, *Picasso, portraits et souvenirs*, *op. cit.*

66. *Ibid.* (postface de Brigitte Leal).

67. *Ibid.*

68. *Ibid.*

69. *Ibid.*

70. Roland Penrose, *Picasso*, *op. cit.*.

71. Lydia Gasman, *Mystery, Magic and Love in Picasso*, *op. cit.*

72. Victoria Combalia, *Dora Maar, la femme invisible*, Éditions Invenit, 2019.

73. Lettre de Pablo Picasso à Marie-Thérèse datée du 29 août 1936 (archives Maya Widmaier-Picasso), citée dans Diana Widmaier-Picasso, « Marie-Thérèse and Pablo Picasso. New Insights into a Secret Love », dans *Pablo Picasso und Marie-Thérèse Walter. Zwischen Klassizismus und Surrealismus*, Bielefeld, Kerber, 2004.

74. Pierre Cabanne, *Le Siècle de Picasso*, tome III, *op. cit.*

75. Roland Penrose, *Picasso*, *op. cit.*

76. *Ibid.*

77. Confidence de Maya à Gérard Dufaud, *Picasso, un réfugié à Royan*, *op. cit.*

78. Jaime Sabartès, *Picasso, portraits et souvenirs*, *op. cit.*

79. Gérard Dufaud, *Picasso, un réfugié à Royan*, *op. cit.*

80. Pierre Cabanne, *Le Siècle de Picasso*, tome III, *op. cit.*

81. Pablo Picasso, *Écrits*, Gallimard, *op. cit.*

82. Victoria Combalia, *Dora Maar, la femme invisible*, *op. cit.*

83. Andrée Rolland, *Picasso et Royan*, 1967, hors commerce, réédité en 2014 par Comediart.

84. Olivier Widmaier-Picasso, *Picasso portrait intime op. cit.*

85. André Malraux, *La Tête d'obsidienne*, Gallimard, 1974.

86. Françoise Gilot, *Vivre avec Picasso*, *op. cit.*

87. *Ibid.*

88. Pierre Cabanne, *L'Œil*, n° 226, *op. cit.*

89. John Richardson, *A Life of Picasso*, *The Minotaur Years 1933-1943*, Alfred Knopf, New York, 11/2021.

90. Archives du musée Picasso.

91. Olivier Widmaier-Picasso, *Picasso portrait intime*, *op. cit.*.
92. Lydia Gasman, *Mystery, Magic and Love in Picasso*, *op. cit.*
93. Interview de Lydia Gasman, *op. cit.*
94. Arianna Huffington, *Picasso créateur et destructeur*, Stock, 1989.
95. Heinz Berggruen, *J'étais mon meilleur client*, Arche, 1997.
96. Lydia Gasman, *Mystery, Magic, and Love in Picasso*, *op. cit.*
97. Lydia Gasman, *War and the Cosmos in Picasso's Texts*, iUniverse, 2007.
98. Lydia Gasman, *Mystery, Magic and Love in Picasso*, *op. cit.*
99. Entretien avec l'auteur.
100. Marina Picasso, *Grand-père*, Denoël, 2001
101. *Une collection Picasso*, Genève, décembre 1973.
102. Marina Picasso, *Grand-père*, *op. cit.*
103. Olivier Widmaier-Picasso, *Picasso portrait intime*, *op. cit.*
104. *Ibid.*
105. *Ibid.*

Cet ouvrage a été composé
par PCA
et achevé d'imprimer en France
par CPI BRODARD & TAUPIN (72200 La Flèche)
pour le compte des Éditions Stock
21, rue du Montparnasse, 75006 Paris
en avril 2022

PAPIER À BASE DE
FIBRES CERTIFIÉES

Stock s'engage pour
l'environnement en réduisant
l'empreinte carbone de ses livres.
Celle de cet exemplaire est de :
800 g éq. CO_2
Rendez-vous sur
www.editions-stock-durable.fr

Imprimé en France

Dépôt légal : mai 2022
N° d'édition : 01 - N° d'impression : 3047974
62-51-7913/6